教育學門論文寫作格式指引

APA格式第七版之應用

（第2版）

Guidebook of Academic Writing Format in Education Discipline: Application of APA 7th Edition

吳清山 審閱

林雍智 著

審閱者簡介

吳清山 博士

臺北市立大學教育行政與評鑑研究所名譽教授

國立暨南國際大學名譽講座教授

主要經歷

教育部國民及學前教育署署長、國家教育研究院院長、臺北市政府教育局長、財團法人高等教育評鑑基金會執行長、臺北市立師範學院校長（現臺北市立大學）

學術專長

教育行政、國民教育、高等教育、師資培育、教育評鑑

主要著作

教育行政學、十二年國民基本教育、教育的新希望、教育概論、當代教育議題研究、學校行政、教育小辭書、教育e辭書、教育行政學研究、教育的正向力量、未來教育發展、幸福教育的實踐等數十冊專書與發表400餘篇學術論文

作者簡介

林雍智 博士

亞洲大學幼兒教育學系助理教授

中華民國中小學校長協會研究員兼第七屆教育顧問

臺北市立大學師資培育及職涯發展中心兼任助理教授

日本岐阜大學教職大學院訪問學者

主要經歷

社團法人 111 教育發展協進會理事、臺北市與宜蘭縣學校及非學校型態實驗教育審議委員、新北市親子館輔導專家、新北市防災教育諮詢委員、日本愛知縣玩具圖書館連絡協議會顧問、新竹縣文教獅子會長期顧問等

學術專長

教育法規與制度、教育行政、幼兒教育、實驗教育、日本教育

主要著作

實驗教育面面觀、師傅校長培育、教育的理念與實踐、近十年來日本教育改革重大議題研究、世界の教員養成：アジア編等專書，以及發表教育行政類、課程與教學類、特殊教育類期刊專論 80 餘篇，參與各種研究計畫 20 部

審閱者序

每一位學術研究者，都期望自己能撰寫出一篇高品質的論文，增加自己在學術界的地位；即使是一位研究生，也會設法寫出一篇夠水準的論文，讓自己得以如期畢業，甚至做為未來踏入學術界的基石。

撰寫論文的過程很辛苦，必須投入相當多的心血和時間。然而，能否寫出一篇高品質的論文，端賴自己的學術功力和涵養。一般而言，判斷一篇夠水準的論文，通常會考量研究主題的價值性、文辭的流暢性、組織結構的嚴謹性、文獻探討的合宜性、研究方法運用的適切性、研究結果具有學術性或應用性、研究內容的創新性或獨特性，以做為判斷論文水準的參考標準；而在教育學門的論文寫作過程中，引用文獻做為論述基礎、協助建立研究架構和做為研究結果討論的印證，則是不可或缺的要件。倘若文獻引用不實或涉及抄襲，或是格式不正確，將會大大影響到論文的品質，甚至可能有被退稿、撤稿或撤銷學位之危險。因此，對一位研究者而言，遵循論文寫作格式是最基本、最起碼的要求。

個人從事論文審查多年，指導和口試過無數博碩士生，也經常擔任期刊審查委員，發覺有些撰寫論文者很重視寫作格式，有些則大而化之，缺乏紮實訓練，看起來七零八落，讓人第一印象感覺很不好；其中引用格式常犯錯誤之處，包括內文引用未呈現參考文獻，或內文引用文獻與參考文獻未相符合（包括人名和年代）；內文引用多篇論文，中文未依姓氏筆畫順序排列，英文未依姓氏字母順序排列；內文資料來源寫法，不符合寫作格式要求；內文所引用文獻，第二手資料當第一手資料引用；內文引用文獻過多，造成抄襲之嫌；內文直接引用文獻，未縮排並註明頁碼；內文之圖表寫法，未遵循寫作格式要求；文末參考文獻，中文未依姓氏筆畫順序排列，英文未依姓氏字母順序排列；文末參考文獻，引用的書籍或期刊，中文應標示的粗體和英文應標示的斜體標示錯誤，以及英文字母的大小寫有誤等。凡此種種，都可從中看出一位研究者對待論文寫作是否嚴謹的態度，寫作格式上的錯誤，也大大的影響到論文的品質。

國內教育學門常用的主流寫作格式，為由美國心理學會（American Psychological Association）在出版指引手冊中所規範之格式，通稱 APA 格式，過去國內介紹 APA 格式的參考書籍雖有不少，但自從美國心理學會於 2019 年發行出版手冊第七版以來，仍尚無系統性介紹如何應用 APA 格式第七版在論文寫作上的專書。剛好我指導過的學生——林雍智博士，跟我提過他長期關注 APA 格式在寫作上的應用與轉變，且已經閱讀過第七版格式，並希望參酌第七版格式出版適合國內教育學門寫作格式指引之專書，當時我覺得這對學術界也是一種貢獻，認同他的想法並促成這件美事。在撰寫該書的過程中，我特別指示下列四項原則供他參考：第一：這是應用第七版格式，不能直接引用書中的英文範例，需要找尋教育學門各領域的英文範例，以利讀者理解；第二：由於這本書係給中文讀者參考用，因此中文文獻引用、參考文獻或資料來源之寫法應加以轉化，以適合國人之習慣；第三：擇取第七版格式的精華，而且是研究者常用到的寫作格式，不必貪多；第四：宜比較 APA 格式第六版和第七版的不同，讓讀者瞭解兩版本之間的差異。觀諸全書全文，林博士確實能掌握住這些原則，並致力第七版格式的轉化與應用，對於教育學門的寫作格式頗具參考價值。

本書出版之前，個人也花一些時間進行審訂校正，並指出一些改正之處，讓誤繕之處能減至最低程度，深深期盼本書的出版，對於國內教育學門的學術研究有一些重要的貢獻。

[signature] 謹識

2020 年 9 月

臺北市立大學教育行政與評鑑研究所

再版序

美國心理學會所出版的第七版寫作指引自2020年出版迄今（2023年現在）已有三年，針對APA第七版格式在教育學門各領域如何應用，特別是中文環境下如何變換與引用而撰寫的本書，自2021年上梓以來也發行了三刷次、總計數千冊的紙本和電子書。這段期間，本書受到國內各大學研究者與學生的好評，不僅成為大家學術寫作的格式指引，也有越來越多的學術期刊將其投稿格式更新至APA第七版。相信APA第七版會再進一步普及，成為教育學門各領域的共通格式規範。

由於APA格式產自美國，因此在轉換為適合我國主流語言使用上會產生一些受到語系、文化、寫作慣性影響的不一致問題。當我們遇到規範不一致，而想回去探究原始APA規範此格式的宗旨時，又會發現APA並未窮盡所有寫作上可能出現的元素，有些是英文文法，有些則是美國出版業界的習慣性做法。因此，我和心理出版社在這段期間也經常接到讀者來信的詢問。在接到這些詢問或質疑後，也會將所找到的解答或個人見解，透過每一刷次修訂，持續在各章中更新。

本次再版的主要目的，一則是要解答這段期間來自讀者的疑問，並將其更新於內容中，二則是要加強本書的易讀性，使讀者能夠更快速的找到寫作過程中所遇到的格式問題，或是找到參考範例。因此，本書改以套色的方式印刷，讓各項重點可以更清楚、更易尋，且為使本書能夠更為精要、便於攜帶，有些章節也稍微濃縮，例如刪除了我鍾愛的「日文及韓文的寫作格式」附錄。若進行東亞研究的讀者們有需要參考此部分的格式，再請參閱本書的第一版內容。

我們知道，APA格式除了被大部分教育學門採用之外，尚有心理學、護理學及社會科學各學門都以 APA 格式做為寫作規範。不過，各學門在中文環境的格式寫法仍有些許差異。雖然如 APA 與本書皆強調的，讀者在寫作上應遵循其所屬學院或是期刊單位的規範來寫作。不過，當讀者進一步比較這些不同學門的規範差異時，一定也會想探討哪些規範更為合理，哪些規範更符合中文體系與日常的習慣？這些對差異的認識和比較，將來或許就能讓 APA 格式更貼近學術寫作的日常，而不像過去只是一個需要「記住」的寫作成分。

本書發行以來，我的孩子從國小可愛的兒童轉變為青少年了。他現在正為了未來的多彩人生而努力著，我和內人也花了很多心力去當他的後援，讓他能擁有平凡又幸福的每一天。我想，這就和本書的讀者一樣，研究者們努力於普及新知、學生們埋首撰寫論文，若有一個角色能夠讓他們了解寫作格式，然後專念於內容上，那麼本書應該多少能扮演那樣的角色。期待本書能做為讀者們的後援，協助大家完成寫作的使命和任務。

林雍智 謹識

2023 年 8 月 25 日

作者序

教育是國家百年大計，透過教育，可以幫助一個人形成完整人格與培育在民主社會中所需要的素養，更可協助個人邁向幸福人生。將教育學門的研究成果撰寫成論文方式，呈現在世人眼前，有普及教育理念、傳遞教育新知與分享教育實踐成果的功能，透過學術論文的發表，亦能回饋給社會，促進教育的更新與社會的發展。

要撰寫一篇好的教育學門論文，寫作者需要長時間的培養閱讀與寫作的素養，並選擇有價值的主題，再投入情與熱，才能寫出一篇好的文章。其中，也要對論文寫作的格式有充分的瞭解，面世的文章才容易為讀者閱讀，方便傳遞文章的主旨和內涵。

教育學門論文寫作上最常被引用的格式，為美國心理學會在其所發行的出版手冊上對論文寫作所進行的各種規定，這些規定，依美國心理學會的英文首字之順序，通稱為 APA 格式。APA 格式自 1929 年推出第一版起，迄 2020 年現在已經出版到第七版。原來僅適用在心理學門的寫作格式，隨著時間遞移，在適用上也加入了教育學、社會科學、自然科學、護理學、傳播學、商學、工程學等學門；另隨著學術期刊的國際化，也從歐美滲透到東亞各國，例如日本和我國，讓我們改變了原有格式，轉往根據 APA 格式的規定進行論文寫作。

本書定位為一本教育論文寫作格式的指引書，書中以 APA 格式第七版之規定進行寫作格式之介紹，並提出範例加以說明，對於教育學門的寫作者和讀者應具有很好的參考價值。除了教育學門以外，本書還可以供適用 APA 格式的其他學門做為寫作之參考。

APA 格式是一套對論文寫作上的完整規定，除參考文獻外，還包含文章結構、內文、表與圖、數字與統計符號、專業報告和學生報告的特殊寫法等之規範。因此，本書乃依序以各章節論述 APA 格式之各種規定。另為了方便讀者快速掌握 APA 格式，本書亦增述 APA 格式的通用範例參考及格式運用上的常見問題於附錄中。

本書能夠順利付梓，首先感謝前國教署長、國教院長吳清山教授願意特別為本書進行審定，使本書更為精確、嚴謹。其次，感謝內人在教學之餘辛勞照顧家庭、兒子聰穎體貼與學業上的努力以及雙親的栽培，讓本人可以心無旁騖、專心寫作，家庭的幸福就是我最大的成就。也感謝心理出版社林敬堯總編輯慨允出版以及高碧嶸小姐的細心編校，使本書更具品質。本書在撰寫與舉例上，雖力求能融合中、英文格式之變遷，並以通暢簡潔的方式撰文，但文中難免會有疏漏之處，尚祈教育先進與讀者們惠予指正是幸。

最後，以本書向長年來推廣 APA 格式的林天祐教授致敬，感謝其為教育學門與社會發展的貢獻。

林雍智 謹識

2020 年 10 月

目錄

第 1 章

教育學門論文寫作之格式規範

近年來，教育學門的論文寫作皆依照 APA 格式的規範進行撰寫。是故，研究者、教師及學生在閱讀，乃至於撰寫學術文章時皆必須瞭解 APA 的格式規範。隨著 APA 格式的改版，前版的一些規定也做了些許改變，因此，對 APA 格式的認識便需隨之更新。

本章重點，在於對做為教育學門論文寫作格式規範之 APA 格式第七版進行概述，內容包含以下重點：

一、APA 格式之定義

二、APA 格式在教育學門的適用

三、《APA 出版手冊第七版》之架構與重點

四、本書各章之架構與重點

讀者可先從本章中認識寫作格式的架構與內涵，並掌握各章節之重點，以獲得更詳細的格式規範說明。本書所舉出之範例，乃盡量包含教育學門各領域之文獻資料，且遇到新、舊版格式有較大差異時，亦會進行對照和說明。

第一節　緒論

要寫好一篇學術論文，需要許多先備的知能，例如：對特定專業學門的認識、掌握有價值且足資深入探討的主題、知道如何蒐集相關文獻以及如何運用研究方法等，但僅有上述素養還不足夠，更重要的是還要能充分的掌握學術論文的寫作格式，使所撰寫的文章在正確的格式規範下，讓文章的內容正確傳達給讀者，以確立撰寫學術文章的價值和貢獻。

近期以來，教育學門的論文寫作所使用的「格式」，隨著國際化的加速，逐漸朝向能與國際接軌的方向進化。相較於 1960 年代的教育學門論文或書籍，還可以看到許多「直向書寫」的文章，近期的論文在撰寫上，為方便內文中同時撰寫英文等理由，目前幾乎皆改為橫向書寫，這只是格式改變的一例。再例如，過去在論文中，曾出現「參考書目」和「參考文獻」兩詞何者為對的論辨，到了今日，「參考文獻」一詞幾乎成了唯一的答案。還有，過去在文章後的參考文獻上，有寫作者誤將手稿模式（即在應加粗體的期刊名或書名上，畫了「下底線」）當成了出版模式，而出版單位也不察就直接照單全收……。這些在格式引用上曾經出現的問題，到今天這個網際網路相當迅速、國際交流往來十分密切的時代，隨著前人對 APA 格式如何應用於教育學門論文寫作上的不斷淬鍊，使得在 APA 格式的使用上不但越來越精準，也使其在教育學門寫作格式上，得以從眾多寫作格式中脫穎而出，占據了獨霸的地位。於是，要進行學術寫作的教師與學生，皆必須自閱讀學門的相關文獻階段開始瞭解 APA 格式，在寫作前亦須經過訓練，才有辦法駕馭格式，寫出格式正確的文章。

本章主旨，乃在於介紹如何應用 APA 格式於教育學門論文寫作之上。在本章中，APA 格式之定義與目前的應用範圍會在第一段先提及。接著，將簡單介紹《APA 出版手冊第七版》各章節的基本架構和內涵，使讀者瞭解 APA 規範的範圍所在。最後，本章會進一步說明本書各章節及附錄之架構與重點，其目的乃在於釐清學術文章中應該按照 APA 格式進行撰寫之處，如內文中的引用、表和圖的製作等，使寫作者可從本書中瞭解如何應用 APA 格式於教育學門的論文寫作上，進而撰寫出一篇符合學術規範的好文章。

第二節　什麼是 APA 格式

相信讀者對本章在緒論部分多次提到的 APA 格式並不陌生，但也有可能仍尚未完全掌握 APA 格式之內涵。到底 APA 格式指的是什麼呢？它是一個規定、還是一個型態或風格？生於美國的它，到了中文的世界中，要如何才能轉化、扎根呢？

所謂 APA 格式，係指由美國心理學會（American Psychological Association）所發行的出版手冊（Publication Manual）對論文寫作所規定的撰寫格式。APA 早在 1929 年時，就於《心理期刊》（*Psychological Bulletin*）出版了第一版格式指引，當時僅有七頁。隨著時代的進步，其陸陸續續的提出修正版本，第六版的出版手冊於 2009 年 7 月發行，最新的第七版出版手冊則於 2019 年 10 月公刊。

APA 格式，有時也被稱為 APA 風格（style），被稱為「風格」之理由是 APA 在出版手冊中並未對寫作上所有部分皆做規範，有很多場合都只是要求學術寫作能比照出版手冊建議的方式撰寫，況且文章的結構，有許多亦是英文文法中之規定（例如：縮寫等），APA 只是再一次說明而已。不過，APA 有其特殊的格式規定，例如在文獻的引用上，採取「作者—年代」格式規定排列……等，卻也是一項事實。因此，本書還是以通用的「APA 格式」做為對其之稱呼。

完整來說，APA 格式並非只限於文章的參考文獻的規範，它其實是一套完整的、對學術寫作上各種要件進行規範的格式。舉凡學術寫作的風格、文章的要件、期刊題目的選擇、寫作風格與文法的規定、避免使用帶有偏見的語彙、字型字體的運用、表與圖的設計、內文的引用與註記、參考文獻的撰寫方法……乃至學術報告或專業論文的出版、倫理與著作權的規定，再到為了讓文章推廣、普及可以登載的資料庫等，鉅細靡遺的規範了學術寫作的所有格式。

第三節　APA 格式在教育學門的適用

APA 格式原來只是做為心理學門論文的寫作規範，由於其規範明確、容易依循，又能針對時代的變化加入新的規定（例如：近期幾版開始加入網路、影音媒體或最近的網路社群等使用規範），因此，後來教育學門的論文寫作也開始依照 APA 格式撰寫。目前除了心理與教育領域以外，社會科學、行為科學、自然科學、護理學、傳播學、商學、工程學等學術領域的寫作發表，亦已依據 APA 格式的規範進行。

APA 格式在我國教育學門的運用也隨著各版本的普及，逐漸滲透在教育學門下的各領域，教育學門各領域對於 APA 格式轉換為中文寫作上的各種對照，隨著時代的演進逐漸取得使用者的共識。坊間有關於介紹 APA 格式的書，除了各版本 APA 出版手冊的中譯版外，還有潘慧玲（2015）、吳和堂（2011）等學者在所撰寫的教育論文寫作專書中對 APA 格式的介紹。其中，前臺北市立教育大學校長林天祐教授自 APA 格式第四版起，即有系統的整理 APA 出版手冊中與中文學術論文寫作較相關部分，並以中文、英文兩種語言的寫作範例，採相互對照方式具體提出寫作的指引，對教育學門使用 APA 格式上來說最具參考性。之後的第五版、第六版格式，他也一樣為其提出版本修訂之參考，並被刊載在國內多所大學系所的網站中，進而使 APA 格式愈加普及。APA 格式引進後，我國教育學門的學者與學生因此能透過運用 APA 格式閱讀國際期刊，且能撰寫合乎規範的報告或專業學術文章，更能和國際學術發展接軌。

近期以來 APA 格式寫作手冊的更新週期，像極了我國的「課程綱要」或是日本的「學習指導要領」，約略以十年為一週期的速度進行版本的更新，新版指引並加入了這段期間的各種變遷狀況，使寫作者在格式的運用上更符合現代的需求。例如與第五版相比較，第六版在文章結構、文獻引用、參考文獻、圖表、統計數字等方面均有增修；最新的第七版則是回過頭來再簡化了第六版的各種規定，使寫作者更方便按規範格式撰文。它同時也對應了當前網路媒體的興起以及對著作財產權的重視等，提出了便捷的引用方式。想要進一步瞭解其他相關內容的讀者，可直接閱讀：《APA 出版手冊第七版》〔*Publication manual of the American Psychological Association*（7th ed.）〕一書，或是上 APA 格式的網站（https://apastyle.apa.org）以獲得更多免費、原則性的指引。

第四節　《APA 出版手冊第七版》之架構與重點

《APA 出版手冊第七版》於 2019 年開始發行，是美國心理學會出版的公式（官方）版本，該書有精裝本、環裝本及平裝本三種製本方式，並另外為學生撰寫學術報告的需求，發行《簡明 APA 格式導覽：給學生的 APA 格式正式版》（*Concise Guide to APA Style: The Official APA Style Guide for Students*）一書做為參考。除此之外，APA 格式網站上尚提供了各種簡要的說明和範例，使第七版的 APA 格式能更為普及。

APA 出版手冊第七版的厚度達四百多頁，其意味著 APA 格式的規定事項，和對這些規定進行的解釋占了書中相當大的篇幅。這麼龐大的格式規範，當然不是一日可成的，除了整個 APA 格式歷經數十年的演進，發展成各版本的指引之外，APA 格式在修訂過程中也徵求了許多專家的意見，並組成各種團隊，如「APA 格式小組」、「出版指引修訂小組」、「APA 公共利益免於偏見語言委員會」等小組努力修訂，使新版本更為完整。

《APA 出版手冊第七版》一書共有 12 章，各章分別由上述各功能小組的多位專家一起努力撰寫而成。APA 也在網站上提供了第七版中各章的概要供閱覽（https://apastyle.apa.org/products/publication-manual-7th-edition-introduction.pdf），有興趣參考英文原著的讀者，可以上該網站瞭解第七版的 APA 格式在各章中提出／修訂的各種規範。

手冊第一章所提到重點為「學術寫作與發表原則」（Scholarly Writing and Publishing Principles），該章說明學術文章的類型與倫理規範，內容包含在學生報告或碩博士論文中如何說明量化研究、質性研究或混合研究的規則。其次闡述要如何確保倫理規範，讓文章表現出應有水準等。第二章為「文章要件與格式」（Paper Elements and Format），對初次撰寫學術文章者說明如何選擇與使用 APA 格式來組織一篇文章。

第三章為「期刊文章報告標準」（Journal Article Reporting Standards, JARS），意在導引使用者瞭解期刊文章的報告標準，以及如何對所使用的量化、質性或混合研究組織報告。第四章為「寫作格式與文法」（Writing Style and Grammar），重點在於介紹寫作上所運用到的格式與（英文）文法。

第五章是「避免使用偏見語彙的導引」（Bias-Free Language Guidelines），其提出了許多寫作者常可能在不經意中誤用的「帶有偏見的語彙」，本章主旨在於讓寫作者在提到「人」時，能使用更有包容性（inclusivity）與尊重的語彙。第六章是「寫作格式的技術性細節」（Mechanics of Style），看起來很抽象的技術性細節／機制其實簡單來說，即是文字上標點符號、大小寫、縮寫、數字與統計符號的運用等，本章中也有提到引用時，夾注號（通稱括號，以下簡稱括號）、斜體字和粗體字的使用時機等。

第七章的重點為「表和圖」（Tables and Figures）。學術報告中為何要呈現表或圖，其目的為何，該如何製作合宜的圖，以利將寫作者想要傳遞的資訊有系統的傳達等，在本章中有明確的闡述。同時，本章也提出約 40 種表和圖做為實例並加以說明，讓寫作者可參照各種不同格式範例製作表或圖。第八章標題為「Works Credited in the Text」，可中譯為「內文中的文獻引用」，說明了內文中如何引用文獻、如何處理合適引文的層次、什麼叫做抄襲或自我抄襲，以及其他不符學術倫理規範的寫作方式。本章也討論到如何引用有經編碼或未經編碼的傳統知識資料，還有原住民族口語相傳的傳統做法如何引用等議題。

第九章和第十章則是探討學術論文寫作者「第一眼」看到 APA 格式後，該如何遵循 APA 格式撰寫參考文獻的相關議題。第九章「參考文獻清單」（Reference List）的重點為 APA 格式強調的撰寫參考文獻的四大重要元素，即「作者」、「年代／日期」、「題目」與「資料來源」。本章更新了前版 APA 格式對參考文獻中出現多位作者的引用方式，也探討了文獻超過 20 位作者時該如何引用的問題。另外，為因應網路的普及，「數位物件識別碼」（digital object identifiers, DOIs）和網站（URLs）的引用亦已標準化，過去在第六版中撰寫參考文獻時常用到的「DOI: ...」或是「引自」（Retrieved from...）的使用方式也有了很大轉變，本章即在做參考文獻引用方式之探討。第十章「參考文獻範例」（Reference Example）則是為第九章所述之參考文獻引用方式，包含在本文中的文獻引用以及本文後的參考文獻在引用上，提供範例以供對照參考，本章共舉出 114 個範例，讓寫作者在引用上有明確的依循。

第十一章談論的主題為「法律參考文獻」（Legal References），顧名思義，即是探討如何將各種法規寫進參考文獻的一章。APA 格式和法律格式是兩種不同的格式，由於寫作者在撰寫文章中亦有很多機會引用到法律文件，因此，本章即在探討 APA 格式和法律格式之間的不同與如何引用等問題。不過，本章所提到的法律參考文獻主要以美國的各種法規為例，包含了法律、法庭判例（地方法院、高等法院、聯邦法院等）、聽證會、行政規範、國會文件等，相當廣泛與複雜，適合寫作上牽涉到引用美國法規議題時做更進一步的探討。第十二章的主題則是「出版流程」（Publication Process），本章主題在於引導如何幫一篇傑出的論文找到家（出版），其內容包含如何選擇投稿期刊、期刊的審稿流程、何謂同儕評審（peer review）？期刊主編的權限為何，主編心裡想的是什麼？以及刊登之後如何讓論文更為普及等。此章對於作者該如何將自己的學術成果面世做了非常簡明與精采的闡述，相當值得讀者看到最後，完成對整體 APA 格式第七版的理解。

為了推廣最新的 APA 格式第七版，在網路普及的現代，APA 也設置了各類網站，將上述各章之重點提供給學術文章寫作者做簡明的閱覽。這些網站包含有 JARS 網站（https://apastyle.apa.org/jars）、APA 格式的部落格（https://apastyle.apa.org/blog），以及給學術寫作者使用的雲端工具網站（https://digitallearning.apa.org/academic-writer），可供有興趣的讀者進一步參考。

第五節　本書各章之架構與重點

為正確介紹如何應用 APA 格式於教育學門論文之寫作，本書依據最新的 APA 格式第七版之規定，在各章中介紹撰寫教育學門各領域學術論文最常用的寫作格式。

壹、本書各章節之架構與重點

本書各章之架構與重點，首先為第二章的「文章結構」，該章主要簡介組成一篇文章的各種要件與格式，包含文章的架構內涵、如何使用縮寫字，與如何使用避免偏見的用語；第三章為「內文中的文獻引用」，主要說明如何根據 APA 格式之規定，在內文中進行各種參考文獻的引用。本章包含了引用格式、文獻的基本寫法、不同作者人數的文獻如何引用、引用文獻的標點符號寫法與順序，以及各種類文獻在內文中的引用方式等。

第四章「參考文獻」的撰文重點，在於介紹構成文章後方之參考文獻的核心元素、文獻之排列順序、常用的參考文獻類別等。隨後，本章亦介紹了中文、英文及其他語言的期刊類、書籍類、會議報告類、學位論文類、評論類、資料檔與測驗類、法規類與影音媒體類的參考文獻撰寫格式，並透過一些實例使讀者更熟悉如何引用該類格式；第五章說明在製作表格和圖形上應注意之事項以及表和圖的附註和資料來源要如何標示。本章也舉出了各種表和圖的範例，供讀者做為參考。

第六章「數字與統計符號」的主旨，在於介紹數字與統計符號的格式與使用原則，此為學術文章中必定用到之部分，因此值得寫作者好好研讀、正確使用；第七章為闡述學生報告與其他在 APA 格式上常用到的格式。由於前幾章的內容，皆為以專業學術文章為背景所進行的格式介紹，並未介紹到較專業文章規範更為彈性的學生報告，因此，於本章中簡單說明之。

為方便比較 APA 格式第七版和第六版的主要差異，本書在第八章亦會就本書各章提到之主題，簡略比較不同版本間的差異，並以範例進行版本變遷的說明；第九章則是本書作者彙整各章所述之內涵，以及論文寫作與格式應用之經驗，對「如何寫好學術文章」所提出的建議。最後，第十章「邁向共通的學術規範」則為本書之總結。

貳、本書所引用的文獻範例特色

本書各章節中舉出的實例，乃為作者基於長期以來在教育學門中的受教背景所進行引用之實例，內容涵蓋教育行政、課程與教學、特殊教育、幼兒教育、高等教育各領域之案例，以力求使案例能更廣泛的涵蓋教育學門各領域。

其次，當提到參考文獻的引用時，也依序介紹中文文獻與英文文獻（含部分從外文翻譯為中文的文獻）。這樣做的目的是 APA 格式的規範在轉換為中文環境上，因為文法與語言習慣的差異，目前仍有許多不一致之處，因此，分別介紹中文文獻與英文文獻，更有利於讀者分辨其中的差異。此點也有助於習慣於中文環境的寫作者，在他日有發表英文論文之需求時，能有正確的英文格式可供參考。

本書所提出關於中文的寫作格式，乃參考林天祐教授（2002，2011）為第五版至第六版 APA 格式所提供的寫作規範以及當前各期刊論文的主流規定為基礎，並根據 APA 格式第七版之規定，轉化、修正為最新格式進行說明。這些規定雖然大致通用於各學術期刊與各大學等學術單位的研究報告、學位論文之中，然而各學術單位或出版單位的規定仍有些許之差異。因此，本書對 APA 格式第七版之中文寫作格式，僅做原則性之說明，各單位可依需求自行微調格式規範（如年代的使用、圖表標題的置放位置、邊界、使用字型等）。

參、附錄中收錄之資料

為方便讀者在學術寫作上能立即、有效的運用第七版的 APA 格式，本書特別以附錄的方式，增加 APA 格式第七版的通用範例，並彙整運用上的常見問題，協助讀者參考。

附錄一主題為「APA 格式第七版通用範例參考」，列舉寫作上常使用到的內文文獻引用方式與參考文獻撰寫方式，供讀者進行快速的瀏覽與參考；附錄二為「APA 格式運用上的常見問題（FAQ）」之彙編，以「問與答」方式試著解答寫作者在運用 APA 格式第七版撰寫學術文書時，可能感到困惑的問題。由於 APA 格式第七版仍在持續發展中，本書也會收集更多讀者在格式中文化或是寫作應用上的建議，並在增刷時列入常見問題中。

第六節　本書定位

本書係以介紹如何應用 APA 格式第七版進行教育領域各學門論文寫作為目的出版，並不是一本全方位介紹如何進行學術寫作的專書。因此，書中各章節乃將重點放在介紹學術文章的各種「格式」上。不過，就算如此，APA 格式的各種規定，對剛進入教育學門的學生、研究生來說，仍然稍嫌繁複。為方便讀者能完整瞭解 APA 格式第七版並迅速上手，因此書中各章節僅簡要說明在教育領域各學門上，應用 APA 格式第七版撰寫學術文章的各種規定。經常撰寫學術文章的教師或研究者若要進階瞭解 APA 格式第七版在學術寫作與出版上的各種規定，仍需詳讀 APA 的出版手冊。當然，除了教育學門外，本書亦可提供採用 APA 格式進行寫作的心理學、護理學與其他社會科學學門在寫作、發表與出版上之參考。

時代的演進和知識的成長速度是快速的。隨著時代變遷，APA 格式不免也需針對使用該格式進行學術文章寫作的作者需求進行修訂。對照 APA 格式的英文寫作規範，中文規範方面在接受到新版 APA 格式的資訊後，在適用上想必也需經過些許時日的磨合，才能取得共識。或者，各學門、各期刊之間依然會沒有共識，仍然會各自以對 APA 格式第七版的詮釋做為寫作之依據。不過 APA 格式新版本的上市，也提醒了寫作者在整篇文章中應該要注意到的各種格式規範，也唯有規範（秩序），才有自由，學術文章的寫作者方能在行文中，恣意展現該文章主題的熱忱與創意，讀者也才能正確閱讀到一份饒富價值的著作。

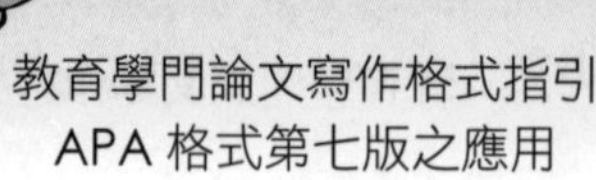

第 2 章 文章結構

本章重點主要在於探究構成一篇文章應有之結構與重要的元素或規範。在敘述上，主以 APA 格式第七版所提出的「專業文章」類為主進行說明，至於「學生報告」的文章結構，除了大學系所的獨特規定外，亦可比照「專業文章」撰寫。

本章重點，包含以下三大項：

一、文章的架構內涵

二、如何使用縮寫字

三、如何使用「避免偏見」的用語

讀者閱讀完本章之後，可以發現儘管在自己所閱讀／撰寫文章的結構中已大致包含了本章所介紹的各種結構元素，但仍然可能疏忽了一些細項規定。因此，仍有需在精讀本章內容後再行檢視文章結構，如此方能提升文章的完成度。

第一節　緒論

APA 格式第七版將文章的結構區分為「專業文章」與「學生報告」兩類別，並分別說明兩類所需要的結構。但其實兩者大同小異，學生報告部分可能不需要像專業文章必須置入摘要、頁首小標題、作者註解等資料（請參閱該手冊第二章「文章要件與格式」）。因此，本書所探討之文章結構，乃主以「專業文章」之架構為例進行說明，至於「學生報告」部分，則可視該課程授課教師的要求，在報告書中列入本章所提之出現於專業文章的各項文章結構。

以下，茲於第二節說明一篇學術文章應有的架構內涵。其次，在文章中使用縮寫字，可讓文章更快速閱讀，也可以減少用字數，但前提是要能辨認縮寫字並能正確使用之。於此，本章將在第三節闡述文章中常用的縮寫字。再者，近期以來國際社會對消除各種偏見，如生物的、社會經濟的、種族的偏見不遺餘力，學術文章的寫作者在撰文中應該避免使用帶有偏見或隱含偏見的用語。由於 APA 格式第七版也相當重視此部分，並針對其以一章份量進行說明，因此本章亦在第四節做一介紹。

第二節　文章的架構內涵

依照 APA 格式的規定，文章的架構內涵依序包括：封面（title page）、題目（title）、作者姓名與服務單位（author name and affiliation）、作者註解（author note）、摘要（abstract）、關鍵詞（keywords）、本文（text body）、參考文獻（reference list）、註記（footnotes），以及附錄（appendices）與補充資料（supplemental materials）等部分。以下，茲區分「封面」、「摘要」、「本文」、「註記」、「附錄與補充資料」，以及「頁次安排與字數計算」六部分，並簡述之。

壹、封面

封面、題目、作者說明與服務單位、作者註解、摘要和關鍵字，屬於文章「封面」應呈現之資料。在撰寫的順序上依「題目」、「作者姓名」、「單位」及「頁首小標題」的順序列入。

首先呈現的是題目，題目要能確切反映研究的變項或主要問題，避免不必要的贅詞。題目不需要太過冗長，也不應太過簡短。

其次，需列出作者姓名，作者姓名後不需加任何職稱或學位名稱（如教授、博士、牧師等）。再者，可列出作者的服務單位及電子郵件信箱。如果作者超過一位，則在列出作者姓名後，以註記方式（如 1、2）分別對應到服務的單位（如表 2-1），至於作者註解部分，則可以加註作者的 ORCID iDs（一種研究人員的永久性身分識別碼，詳情可參閱 https://orcid.org），或是投稿前後作者的服務單位異動情形。

頁首小標題（running head）是題目的精簡版，其作用在於方便讀者瞭解文章的主題。頁首小標題會在文章的每個頁面上方，以「靠左對齊」的方式呈現，字數長短上，英文以 50 個字符（即字母＋符號）為上限，並除了「and」可以用「&」代替外，盡量避免使用縮寫；中文的字數則以足夠辨識出題目為原則。如果題目的字數小於 50 個字符，此時整個題目也可以複製做為頁首小標題之用。

表 2-1

各種文章作者與服務單位情形

作者人數	範例
一位作者、一個服務單位	賴志峰 國立臺中教育大學教育學系
一位作者、兩個服務單位	楊玉惠 教育部技職教育司 臺北市立大學教育行政與評鑑研究所兼任教師
二位作者、相同服務單位	王文科、王智弘 國立彰化師範大學教育研究所
兩位作者、不同服務單位	黃文定[1]、詹寶菁[2] [1]暨南國際大學國際文教與比較教育學系 [2]臺北市立大學教育學系
超過三位以上作者、同一服務單位	吳錦章、薛春光、柯明忠 中華民國中小學校長協會
超過三位以上作者、不同服務單位	比照「兩位作者、不同服務單位」方式依序說明

貳、摘要

摘要是以簡短方式說明文章內容的重要部分，放置摘要的位置應置於題目頁下方。摘要應該如何撰寫，仍視出版的期刊規定而有所不同，學生報告通常不必特別撰寫摘要。

摘要在撰寫上，要力求準確（accurate）、中立／不評價（nonevaluative）、連貫性與可讀性（coherent and readable），以及簡潔性（concise）四大原則撰寫，其撰寫方式依文章性質的不同而有所差異。例如：（1）實證性文章之摘要包括：研究問題、研究對象、研究方法與研究發現（含效果值、樣本大小、信賴區間／顯著水準）、結論與建議；（2）文獻分析或後設分析文章之摘要內容包括：研究問題、分析之規準、文獻選取之依據、研究期間（範圍）、研究結果（含主要效果值與效果值之主要調節變項）、結論（含限制）、建議；（3）理論性文章之摘要內容包括：這個理論或模式的內涵、功能／原則、理論對實證結果的解釋程度、研究結論；（4）方法論文章之摘要內容包括：本方法重要特徵、相關方法之討論、本方法之特性分析、本方法之應用範圍、本方法途徑被提及之重要特徵、統計程序上的重要特性（如強度、考驗力、信度）；（5）個案研究之摘要內容包括：研究對象及背景特徵、個案之問題性質或解答、研究結論。

英文摘要的字數，視各期刊之規定而有不同，大致上以250字為上限。「英文摘要」使用粗體的「**Abstract**」為標題，文字置中，摘要本文則置於標題下方。中文部分則和英文相同，「摘要」二字亦需以**粗體**呈現，其摘要字數，依不同期刊與專業研究報告之規定而異，大約落在350～500字之間（含關鍵詞）。

摘要時依內容之重要性順序呈現，不分段落（起始行不縮排），有數字時，除字首外全部採用阿拉伯數字。摘要的撰寫應力求忠實反映本文內容，撰寫方式應遵守四大原則，且不添加作者意見，並採用敘述方式而非條列方式撰寫。學位論文的摘要因內容較多，可以分段敘寫，在字數與段落選擇上較學術專業文章更具彈性，但以一頁為最佳。

參、本文

「本文」的寫法需依據文章的形式，如量化研究、質性研究、混合研究、後設分析、文獻分析、理論探究或是方法論文章的形式而有不同的寫法，但大多包括緒論、研究方法、研究結果與討論等部分。

「緒論」包括：研究問題、研究的重要性、相關文獻的分析、研究假設與設計，以及舉出研究上的目的等；「研究方法」包括：研究對象、抽樣程式、研究工具、實施程序、樣本大小、考驗力、精確值、研究變項與共變項、研究設計、實驗操作或介入；「研究結果」方面，不論是量化或質性研究，都在於忠實呈現資料分析的結果；「討論」應先指出研究結果是否支持研究假設，其次依據研究結果的一致性及差異性，論述其理論或實用意義。另外，在質性研究上也可使用「研究發現」取代量化研究常用的研究結果。

本文部分，在撰寫上應該接著題目與摘要之後，以開一新頁的方式開始撰寫，且要設定幾個標題層級，有系統的展開論述。例如將每一個重要部分（如緒論、文獻探討、研究方法等）設定為第一層級，第一層級名稱應該以粗體、置中呈現；接著將各部分下的重點設為第二層級，採粗體、靠左呈現，最多可以設定到第五層級。以中文寫作時，可用以下的方式呈現，但以英文寫作時則不一定要寫出各層級標題前的數字，可以直接寫標題，亦可以用諸如 1.1、2.1、3-1 等方式撰寫。

壹、緒論

一、研究動機與目的

（一）◎◎

1. ○○

（1）●●

「參考文獻」在於提供讀者瞭解與文章有相關性之先前學者的研究資訊，使讀者瞭解與文章議題相關的先行研究發展狀況。原則上，每一筆文獻皆必須在本文中有引用過，才可以出現在參考文獻中。在撰寫上，參考文獻應該接著本文之後、附錄之前，以「開一新頁」方式撰寫。在標題上，參考文獻不置章節，直接稱為「參考文獻」，並以置中、粗體方式撰寫（英文則以首字母大寫、粗體、置中方式），而且每一筆文獻的第一行靠左對齊、第二行以後均縮排（約 2 字元）。

其次，文章本文中若引用到英文以外之語言，可視出版單位之要求，在參考文獻處加註英譯文獻。因此，以中文的文獻來說，寫作者就必須同時瞭解該文章、書或期刊等作品以及出版機構的中文名稱與英譯名稱，才能正確撰寫出中文參考文獻的英譯。有關各類型參考文獻的寫法，本書將另行詳述於後章中。

肆、註記

註記部分，包括「內容註解」（content footnote）以及「版權許可」（copyright attribution）兩部分。在撰寫註記上應注意的是，註記是可列入，也可以不列入文章的參考資料，「內容註解」的使用原則，不應該選擇「複雜」、「不相關」、「不需要」的資料。其次，也應注意同一頁的內容註解不要超過本文的字數（喧賓奪主），否則會混淆讀者，到底在閱讀上是要順著本文的發展邏輯依序閱讀呢，還是要一邊參考本文、一邊又關注長篇註解？此時，寫作者在撰寫內容註解時，應以精簡為要。「版權許可」是作者在重製或引用一定長度的原始資料以及（或）項目，或是使用重製的表或圖時，應在註記部分特別提及的。有些時候，使用上述資料需要得到原作者之書面授權，而涉及公開資料者，則可能無須申請授權，但仍需事前洽詢擁有版權者，以瞭解詳情。

伍、附錄與補充資料

「附錄」與「補充資料」兩部分的作用，是讓寫作者呈現一些放在本文中可能不太適合，或是會讓讀者分心、離題的相關資料。不過這些資料，卻有益於讀者對文章有更完整的瞭解，可以對文章進行評鑑，或是可以在閱讀文章後仿效本研究做進一步的探討，或產生一些理論上的質疑。在所呈現的資料中，附錄可以附上參考資料列表、導引、本研究研發的測驗或量表、對複雜設備的詳細描述、人口統計學的描述及其他細部或是複雜的資料等。宜在附錄中呈現的資料，可以是一覽表、Excel 表、圖等方式，其撰寫方法在英文中採用「Appendix A」、「Appendix B」的順序撰寫，中文則採用「附錄一」、「附錄二」方式撰寫；補充資料則是指寫作者提供在已列為網路上的參考資料，如影像檔、音源檔、程式碼、大尺寸的圖表、詳細方案、彩色的圖、表、照片或可列印的相關範本等。

至於字型（font）的運用，先前的 APA 格式各版本，皆推薦使用 Sans serif 系列（用於線上）或 Serif 系列（用於印刷）字型。不過，由於科技、媒體與印刷技術的進步，第七版 APA 格式也准許使用不同的字型撰寫文章，但在撰寫文章時仍應全程使用同一種字型。第七版 APA 格式中推薦可使用的英文字型與字體大小，有下列兩種：

1. Sans serif 系列的「Calibri」（字體大小為 11 號字）、「Arial」（字體大小為 11 號字），或是「Lucida Sans Unicode」（字體大小為 10 號字）。
2. Serif 系列的字型，如「Times New Roman」（大小為 12 號字）、「Georgia」（大小為 11 號字），或是「Normal computer modern」（大小為 10 號字）（此字型為 LaTeX 排版軟體的預設字型）。

一篇遵照 APA 格式所撰寫的文章，應該全程使用同一種字型、同一大小尺寸撰寫，但圖片則可以使用 Sans serif 系列字型，以 8～14 號字大小呈現。另外，若有使用腳註於頁面下方時，也可以根據寫作者的文書處理系統設定撰寫（例如使用大小為 10 號字、單行間距的方式）。

中文部分，截至目前為止，中文寫作中最常使用的中文字型為「標楷體」與「新細明體」，最常使用的英文字型則是「Times New Roman」，內文的字體大小則在 12～14 號字間。至於上述字型以外的中文字型（如「細黑體」）與英文字型（如「Arial」）等，則視期刊等出版單位的排版需求而有特別規定。因此，本書建議，在第七版 APA 格式問世之後，以中文寫作的文章，在中文字型方面，仍以使用「標楷體」與「新細明體」為原則，但英文字型亦可採用 APA 格式第七版建議的兩大系列字型，至於字體的大小，則可參考 APA 格式第七版的規定，內文方面選用 10、11、12 號字，表和圖中的文字則在 8～14 號字間彈性運用。另外，由於寫作者在撰寫中文文章的內文文獻引用及參考文獻時，不免會同時引用同為漢字圈的亞洲文字，如日文、韓文等（英文文獻也有同時使用西班牙文、德文情形），因此本書也建議學術論文的出版單位在編輯中文字型時，能採用有「Unicode 字型編碼」的相關字型，亦即可以同時正確顯示這些亞洲文字的字型做為出版品的主要字型。

陸、頁次安排與字數計算

全文的頁次安排上，第七版的 APA 格式建議按表 2-2 的方式，分別將各部分之內容置於不同頁次，這種安排除了較為美觀之外，也能增強文章的效果，且易於讀者理解文章內容。也就是說，以中文撰寫的文章也可參考本表的說明，或是依出版單位之規定撰寫。

其次，在文章的字數計算上，第七版格式建議應使用「字數」而不是「頁數」做為統計基準，在字數統計上，要計算內文、參考文獻、表和圖的註記與附錄的字數。由於許多刊物在投稿規定上亦有字數限制，因此寫作者宜依個別刊物之規定，先計算好全文字數後，再行投稿。

表 2-2

文章各部分的頁次安排

文章各部分結構	建議安排位置
題目	第 1 頁
摘要	題目頁下方，亦可開一新頁置入、接續題目之後
本文	在摘要後開一新頁，在沒有摘要的情形下，則在題目頁後開一新頁
表	可在內文文字中提到該表後嵌入，亦可做為附錄
圖	可在內文文字中提到該圖後嵌入，亦可做為附錄
參考文獻	在本文結束之後開一新頁
附錄	每個附錄開一新頁

註：若以中文撰寫之文章同時有中文摘要與英文摘要兩種，則英文摘要需置於中文摘要之後，但亦可依出版單位之規定，置於文章最後一頁。

第三節　縮寫字的使用

讀者在閱讀中文或英文文獻時，經常會看到寫作者使用一些縮寫字（abbreviations）來取代原文。會使用縮寫字的原因，可能是該縮寫字已經為讀者所熟悉，因此呈現出來，便於讀者快速閱讀，也有可能是寫作者為了減少文章的用字量才使用縮寫；更有可能是縮寫字的使用，只是寫作者的語言使用習慣所造成的，本身並不帶有特別的意圖。無論是哪一種情形，若讀者不瞭解縮寫字的意思，就無法掌握全文的內容。也因此，在使用縮寫字時，應該在首次出現時進行說明，並在全文完成後檢查文章的流暢度是否因使用縮寫字反倒造成了讀者閱讀上的疑惑。

在中文的寫作中，教育學門常見的縮寫字，例如有「教行」（教育行政）、「教心」（教育心理學）、「教社」（教育社會學）、「十二年國教」（十二年國民基本教育）、「九貫」（九年一貫）、「校本課程」（學校本位課程）、「早療」（早期療育）……等。在中文文法上，「助動詞」也常被用縮寫的方式呈現，如「應」（應該）、「能」（能夠）、「值」（值得）、「需」（需要）……等；在閱讀英文文獻或是使用英文進行學術寫作時，由於英文是拼音字，單詞的長度較中文更長，因此也會經常看到或使用到英文的縮寫字，例如：cm、hr.、min、chap.、ed.、Ed.、Eds.、p.、pp.、Rep.、vs. 等。英文的縮寫字大致上是由詞組每個單字的第一個字母所組成，使用英文縮寫的好處是可以減少文字的長度與文章的用字量，但在使用上，也需要考慮讀者對其是否熟悉，在行文中謹慎的使用。

常用的英文縮寫類別，如「格式」、「測量單位」、「時間單位」、「拉丁文」、「數字」、「化學元素」（例如：H_2O、CO_2）、「基因和蛋白質名稱」（如 *GENE*A01*、*RAD52*）與「參考文獻」的縮寫等，樣式非常多。另外，在文獻中也常會閱讀到美國各州及特區之縮寫，如

CA、DC、WA 等，是故，讀者需要認識上述常用的英文縮寫，才能完整瞭解英文文獻的內容（參考文獻與美國州名縮寫，請參考第四章之說明）。

APA 格式規定在撰寫學術文章時，除了上述提到的各類別，如「格式」、「測量單位」……等類別的縮寫，以及在辭典中有提到的術語（例如：IQ、PPT 等）不需要在出現之後為其再做定義外，其他若有使用縮寫的文字，就「應該」再為其定義，並在首次出現縮寫後，第二次出現該詞就使用縮寫表示（勿交替呈現）。在中文寫作中，亦可以在第一次列出全名之後，加上括號，說明「以下簡稱○○○」的方式，以做為第二次以後使用縮寫之說明。APA 格式亦特別規定，如果將某個團體或單位以縮寫呈現，那麼文中最好要提到該團體三次以上，這樣使用縮寫才有意義。若該單位只出現兩次以下，那使用全銜會更讓人感到清楚與簡明。

中英文縮寫的呈現方式，和「內文中的文獻引用」方式相同，亦可分為「括號內引用」與「敘述性引用」兩種方式（詳見第三章說明），縮寫的引用方式舉例如下：

括號內引用：

（大學入學考試中心〔大考中心〕）

(The Organisation for Economic Co-operation and Development [OECD])

敘述性引用：

大學入學考試中心（大考中心）

臺中市政府教育局（以下簡稱本局）

The Organisation for Economic Co-operation and Development (OECD)

另為對應讀者及寫作者之需求，茲整理學術文章中常用的英文縮寫於表 2-3（時間單位）、表 2-4（測量單位）、表 2-5（拉丁文）與表 2-6（APA 格式常用縮寫）中。

表 2-3

時間單位中常用的縮寫

不可使用縮寫者	英文	可使用縮寫者	原意
日數	days	hr	hour（小時）
週數	weeks	min	minute（分）
月數	months	s	second（秒）
年數	years	ms	millisecond（毫秒）
		ns	nanosecond（毫微秒）

表 2-4

英文測量單位中常用的縮寫

英文縮寫	原意	英文縮寫	原意
AC; DC	交流電；直流電	L	公升
cm	公分	in.	英寸
dB	分貝	m	公尺
g	公克	mm	毫米
ft	英尺	Ω	歐姆
kg	公斤	˚C; ˚F	攝氏；華氏（溫度）
km/h	時速	V	伏特
kW	千瓦	W	瓦特
lb	磅	yd	碼

表 2-5

常用的拉丁文縮寫

拉丁文縮寫	原意	拉丁文縮寫	原意
cf.	比較	i.e.,	亦即；也就是說
e.g.,	例如：	viz.,	即……
,etc.	……等	vs.	「與」或「反對」

註：拉丁文的縮寫只能在「括號內引用」時使用，不可用於「敘述性引用」上，在敘述性引用時，應使用英文進行完整說明。

表 2-6

APA 格式中常用的縮寫

縮寫	原意	縮寫	原意
ed.	Edition	Trans.	Translator(s)
Rev. ed.	revised edition	n.d.	No date
2nd ed.	Second Edition	p. 或 pp.	Page(s)
Ed. 或 Eds.	Editor(s)	Vol. 或 Vols.	Volume(s)
No.	Number	Pt.	Part

第四節　使用避免偏見的用語

寫作者在撰寫文章時，應努力使用避免偏見的用語，撰寫成一篇「免於偏見」（bias free）的文章，以免對所撰寫的個人或團體造成傷害。避免使用偏見的用語目前已經成為 APA 格式對學術寫作的一項要求。然而，對寫作者來說，除了本人故意為之以外，有時的確可能在無意識的情況下，使用了帶有偏見的用語。會造成這種情形，可能是寫作者受到文化、傳統背景或觀念的影響，也有可能是並未與時俱進的更新對當前各領域一直不斷修正、提出的「不帶有偏見」的用語的瞭解。因此，要撰寫一篇免於偏見的文章，寫作者應該隨時敏覺自己的撰文是否誤用了帶有偏見的用語，也應注意輿論與各學門的專業用語的發展情形，使用包容的和尊重的語彙，以避免誤用帶有偏見的語彙。

要使用避免偏見的用語，首先要注意到什麼是「帶有偏見」的用語，才能避開它，並選擇合適的用語，其次是要有意識的注意到容易出現偏見用語的一些特定項目，才能夠在使文章的敘述以及內容語彙上更為合適。茲說明這兩項原則如下。

壹、避免誤用到帶有偏見的用語

在學術文章的寫作中，要避免誤用到帶有偏見用語，必須要注意到以下兩大事項：

一、能描述特定領域的適當用語

寫作者要能夠關注與文章內涵相關的特徵，避免使用不需要的用語，例如要瞭解教師對某一項政策的看法，如果教師的性別與該政策並無直接關係，性別議題就可能無須特別提及。其次，要理解確實存在的相關性差異，例如某研究者要將研究結果推論到全體學生時，應該要注意到先評估其樣本是否和母群不同，如果有，就需說明兩者之間的差異。再者，還要適當具體的說明研究結果，也就是要根據研究問題和當前的相關文獻去解釋問題，避免過度擴充解釋。

二、對「標籤／命名」具有敏察力

本項原則要求寫作者能尊重其在文章中描述的對象。其中，最好的方式就是以人們稱呼自己的方式去稱呼他們，例如稱呼「原住民」，而不稱其為先住民或山胞等。其次，應該理解人性，在使用敏感性的標籤（label）時，要先確定被稱呼的人們能受到尊重。使用形容詞做為名詞去稱呼人們是不適切的（例如：窮人），應該改為使用形容詞形式，或是使用描述性的名詞（例如：用生活保護家庭取代低收入戶）去稱呼人們才適切。再者，以「提供操作型定義和標籤」的方式來界定，亦可以避免偏見。再其次，寫作者也要避免使用虛構的階級進行比較，例如將某一團體做為標準值去比較其他團體，或是使用「正常」這個字時，就容易讓人聯想到對照組是否「不正常」。

貳、有意識的注意到容易出現偏見用語的特定項目

至於要如何避免誤用偏見用語，需要有意識的注意到偏見用語經常會在某些特定項目中出現，因此當文章寫到與這些特定項目有關的部分時，就應該特別注意。這些特定項目大致有「年齡」、「障礙類別」、「性別、性取向」、「種族認同」、「社會經濟狀態」、「研究的參與者」與「交叉性認同」等，文章（或研究）的主題與內容方面當牽涉到這些特定項目時，應該使用合適的描述語，茲簡述之。

一、年齡

年齡（age）在一般的研究方法描述上常會提及，要在本項目上避免誤用偏見用語，應注意到在描述中，應和「性別」一起考量，使用「人」、「個人」。例如個人在小於 12 歲時，可稱呼其為「嬰兒」、「兒童」、「男孩」、「女孩」等，13～17 歲的個人，可稱呼其為「青少年」、「年輕人」等；超過 18 歲的個人，可稱呼其為「成人」等；超過 65 歲的個人，則可稱呼為「長者」、「超過 65 歲者」，應避免稱其為「衰老者」、「有年紀者」。

二、障礙類別

障礙類別（disability）是一個廣泛的用語，其可能代表經由法律上及科學性的診斷鑑定，發現身體、心理、智力、社會經濟缺陷上的障礙程

度。要避免在障礙程度上使用到帶有偏見的用語，最佳的方式就是根據當事者（團體）的主張使用他們認為合適的詞彙，以彰顯他們的主張或訴求。在使用上，也要注意「先描述人、再描述其障礙」、「先描述其認同的事項」之原則。

三、性別與性取向

性別與性取向（gender、sexual orientation）是最近受到關注的議題。基本上性別較重視生物特徵文化所帶來的態度、感覺與行為。在使用性別時，應同時注意到性別特徵和心理狀態。有時候，性別除使用男孩、女孩、男性、女性外，還會使用非二進制的描述，如雙性戀、不分性別等。

性取向是個體對「性別」與「情感吸引」的自我認同結果，性取向取決於個體如何對他人展現出自己的行為或社會連結力。因此，「性取向」這個詞彙，便較「性別偏好」、「性別認同」更不具偏見。形容性取向的用語，包含蕾絲邊（lesbian）、同志（gay）、LGBT 等，其使用之時機，應視研究或文章之主題所需，選取能正確描述性取向狀態，但又不帶有偏見之用語。

四、種族認同

種族認同（racial and ethnic identity）包含 racial 認同和 ethnic 上的認同兩項。racial 上的認同係指物理性的種族差異，例如黑人、白人、亞洲人、歐洲人，而 ethnic 上的認同則指文化、語言、信仰等特徵上的認同，例如拉丁民族、華人等。

在提到種族認同時，應尊重該族群偏好之用法，並使用適當的名詞去稱呼。例如本項目中最常被做為案例的「White」和「Black」兩字。兩字的字首要大寫以做為專有名詞的「白人」與「黑人」使用，而非使用「white」和「black」這種稱呼顏色的詞彙。另外，美國、加拿大、拉丁美洲、澳州、紐西蘭與臺灣的原住民族對於自我民族該如何稱呼也有特定的偏好，在撰文上，應瞭解其使用原則，才不會造成偏見。

五、社會經濟狀態

社會經濟狀態（socioeconomic status）包含了對個體或團體的收入、教育程度、職業聲望、社會狀態與社會階層的描述。由於社會經濟狀態常在研究中被提到，但它又非常的複雜，在不同的研究中又著不同的衡量標準，因此在提到社會經濟狀態務必謹慎，以避免誤用帶有偏見的用語。

在描述社會經濟狀態時，亦常會和種族放在一起敘述，但在用語上也可能造成缺陷性的語彙（酸言酸語），例如研究中探討「低收入內蒙古男性的……」無形中會造成責怪該族男性的印象，因此在撰寫上，務必要改以更為中性的用語敘述之，如「未具有大學學歷的內蒙古男性……」。

六、研究的參與者

一份研究上，通常會有邀請研究參與者（participation in research）前來幫忙的機會。因此在撰寫研究成果時，應該要明確寫出研究參與者的屬性，如大學生、病患（不論其是因為身心問題或障礙程度，只要是接受健康照護者，如心理醫師、物理治療師、護理師等之照護就應寫為病患）。其次，在文章中，也需要用主動性的用語寫出研究參與者的貢獻或對其幫忙研究的感謝。萬一研究並未成功，也應該避免使用「參與者失敗……」這樣的語句，此時，可用「參與者並未完成……」一句取代。

七、交叉性認同

當寫作者在文章中提到個體的特徵時，寫作者應該對交叉性認同（intersectionality）有敏覺性，因為個體亦常常會被使用文化的、社會經濟的脈絡進行定位。交叉性認同是一個解決身分和社會系統相互交叉並與不平等，如種族主義、階級主義等有關的多元項目問題的典範。

在撰寫上，寫作者應該要界定個體的相關特徵以及群體的身分（如能力、障礙狀態、性別、移民狀態等），再描述個體的特徵如何和群體身分在研究上發生交叉性認同的。例如，在研究學校不同原住民族學生的校本課程參與表現議題中，寫出「本研究樣本為：12 位太魯閣族男生、13 位太魯閣族女生、12 位阿美族男生與 15 位阿美族女生」，就比寫成「24 位太魯閣族與阿美族男生，28 位太魯閣族與阿美族女生」更精確。

寫作者若能在文章中避免使用帶有偏見的用語，將使研究的參與者得到尊重，讀者也更能精準瞭解文章目的，此更有助於寫作者與讀者間建立起無偏見的溝通環境。不過，帶有偏見的用語要如何避免使用，不能光憑個人的想像，因為這仍不足以根據研究目的精準的選擇適切的用語。寫作者宜按照上述項目之規定，檢查文章中是否誤用了帶有偏見的用語，必要時亦可請託他人協助檢查文章並提供意見，以針對研究的特性和需求選擇合適的用語。

第 3 章

內文中的文獻引用

撰寫學術文章時，經常需要引用相關的文獻與資料，為文章增添可靠的證據並提供延伸閱讀的空間，因此內文中如何引用文獻也是 APA 格式重點規範的項目。

本章目的在於介紹引用文獻上的各種格式寫法，依此，本章重點如下：

一、說明兩種內文中的文獻引用方式

二、內文中引用文獻時的基本寫法

三、不同作者人數的引用寫法

四、引用文獻的標點符號寫法與順序

五、直接引用參考文獻內文的寫法

六、作者未知、未標明作者及作者自署為無名氏時之引用寫法

七、翻譯、再製、再出版、重新發行資料之引用

八、二手資料的引用寫法

九、特定局部文獻、個人通訊紀錄及其他引用之寫法

十、何謂抄襲／剽竊，何謂自我抄襲

本章所談之內文中的文獻引用格式，係為學術文章的寫作上需用到的基本技巧，讀者應熟記格式引用之規則，提高寫作正確度。

第一節　緒論

內文中的文獻引用（in-text citation）包括全文引用（quotation）及文意引用（paraphrasing）兩種，全文引用一定要註明出處之頁碼（含章節、投影片編號或影片中的時間點等）；文意引用就是寫作者用自己的話寫出原作者的原意，可以不用註明出處頁碼，但有必要時，亦可以註明出處之頁碼或段落，以利讀者進一步查閱。

文獻引用的目的，為寫作者在文中試圖解釋、討論某些過去文獻所提出的主張、理論或研究成果，或是在直接引用其他作者的文章素材，以支持自己文章時，對相關文獻進行的引用（相反的，若是寫作者在敘述自己的想法，自然就無須引用）。因此，文獻引用應力求清楚、明確。

APA 的文獻引用方式採用「作者—日期」（author-date）之系統，此系統要求內文引用之文獻，必須同時出現於文後的參考文獻中。這樣的要求，係為了使閱讀該文章的讀者，可以透過內文中的文獻引用資訊對照文後的參考文獻，若讀者對該文獻有興趣，則可進一步根據訊息搜尋到該文獻。

內文中的文獻引用，在格式上，主要因文獻引用出處的作者人數不同，而有多種格式（請參閱《APA 出版手冊第七版》第八章中的「內文中的文獻引用」說明）。在引用之前，寫作者必須先找到要引用的完整參考文獻資料（即原作者的姓名、日期、題目與出處的完整參考文獻資料），在內文中的引用，則需擷取原作者的姓名（單一作者或多位作者皆同）與日期，且此內文的引用之姓名、日期必須和文後參考文獻所示的資料相同（若為英文則只列出姓氏）。茲將 APP 提出的內文中文獻引用格式分節敘述如下。

第二節　引用方式

內文中的文獻引用主要有以下二種方式：

壹、括號內引用

括號內引用（parenthetical citation）係指直接引用研究的結果或論點，並將作者之姓與日期呈現在文章句子最後的括號內。格式為「（Author, 2020）」或「（作者，西元年代）」。例如：教師是反省的實踐者（Schön, 1984）；十二年國民義務教育政策目標提出四項總目標，其中第二項提到「促進教育機會均等，實現社會公平正義」（教育部，2007）。

貳、敘述性引用

敘述性引用（narrative citation）通常用於行文的句首或句子中，引用作者姓名（氏）與年代，並成為句子的一部分。中文敘述性引用的格式為「作者（西元年代）……」，例如：Loughran（2002）進行教師省思的相關研究……。英文敘述性引用的格式為「Author (Year) ...」，例如：Brookfield (1995) reminded us that the reflective practice literature is important for two reasons.

不過，在極少的情形下，內文敘述中會出現年代和作者分開置放的情形，例如：2018 年時，OECD 事隔五年再度提出最新一期的國際教與學環境之調查報告（The OECD Teaching and Learning International Survey, TALIS）。此時，作者姓名（氏）之後，就不必再使用括號加註年代。

第三節　基本寫法

同一位作者在同一段落中重複被引用時，採用下例第一段所示之引用方式時，第一次必須寫出年代／日期（使用西元），第二次以後則可以省略年代／日期，但如採用下例第二段所示之引用方式時，第二次以後則須註明年代。

中文文獻在寫法上，與英文文獻只列出作者姓氏不同，中文文獻一向寫出作者的姓名全名；年代的寫法上，中文文獻原有同時使用、並用或混用「民國」（如民 83）和「西元」（如 1994）的情形，但為了與國際接軌，近期以來直接使用西元的比率越來越高。因此，在引用中文參考文獻時，若原著呈現的是民國紀元，則需先將其轉換為西元，再列於參考文獻中（方法：民國紀元＋1911＝西元紀元）。

壹、中文文獻的寫法

一、第一種引用方式

黃月純（2020）認為南韓的「教師循環輪調」勤務方式，對韓國都市、農漁村與偏鄉島嶼學校的教師不足困境，發揮了功效，……；黃月純同時建議我國……。

二、第二種引用方式

文中也指出了南韓教師循環輪調制度的其他負面效果，如教師為了有利輪調而過度重視績效（黃月純，2020）。

貳、英文文獻的寫法

一、第一種引用方式

What's more important beyond GDP? Jones and Klenow (2011) propose a simple summary statistic for a nation's flow of welfare ... Jones and Klenow also found...

二、第二種引用方式

In a recent study of GDP ..., The study also showed that Western Europe looks considerably closer to U.S ... (Jones & Klenow, 2011) ...

第四節 不同作者人數的引用寫法

在引用文獻時，可能出現原作者可能有一人、二人或是三人以上，又或是原作者為團隊或機關單位的情形。APA 根據作者人數的多寡，在引用上的規定稍有不同，且 APA 格式第七版在引用上亦稍微簡化了第六版 APA 格式的規定，以下茲分述之。

壹、作者為一人時

一、中文文獻範例

姓名（出版或發表年代）或（姓名，出版或發表年代）。

範例：

鄭崇趁（2018）……或……（鄭崇趁，2018）。

【出處：鄭崇趁（2018）。**教育 4.0：新五倫・智慧創客學校**。心理。】

二、中文團隊、機關單位範例

範例 1：

教育部國民及學前教育署（國教署，2020）或（教育部國民及學前教育署〔國教署〕，2020）【第一次引用】；國教署（2020）或（國教署，2020）。【第二次以後引用】

範例 2：

行政院教育改革審議委員會（行政院教改會，1998）……或……（行政院教育改革審議委員會〔行政院教改會〕，1998）。【第一次引用】；行政院教改會（1998）……或……（行政院教改會，1998）。【第二次以後引用】

三、英文文獻範例

姓氏（出版或發表年代）或（姓氏，出版或發表年代），但作者名的縮寫與一些延伸字詞（suffixes），如 Jr. 等則無須列出。

範例：

Weick (2009) ... 或 ... (Weick, 2009).

【出處：Weick, K. (2009). *Making sense of the organization, Volume 2: The impermanent organization*. John Wiley & Sons.】

四、英文團隊、機關單位（含公司、學協會、政府組織）範例

團隊或機關單位，若有通稱之縮寫，則第一次引用時，應該列出其全名和縮寫，第二次以後引用時則可直接使用縮寫，但在文後的參考文獻中，則應該寫出全名。

範例 1：

United Nations Educational, Scientific and Cultural Organization (UNESCO, 1966) 或 (United Nations Educational, Scientific and Cultural Organization [UNESCO], 1966)【第一次引用】；UNESCO (1966) 或 (UNESCO, 1966)【第二次以後引用】

範例 2：

Centers for Disease Control and Prevention (CDC, 2018)【第一次引用】；The CDC (2018) found that ...【第二次以後引用】

【出處：Centers for Disease Control and Prevention (2018, January 29). Social determinants of health: Know what affects health. https://www.cdc.gov/socialdeterminants/index.htm】；【說明：此文獻引自美國疾病管制局〔疾管局〕的網站，由於該網頁中沒有列出個別作者，因此以「疾管局」機關做為引用來源。】

貳、作者為二人時

引用出處的作者為二人時，在引用上，不管是括號內引用或是敘述性引用，這二位作者的姓氏都必須一起出現。在敘述性引用上，兩位作者姓氏間，英文部分需要加入「and」做為連接，而中文部分則可採用「及」、「與」、「和」連接；在括號內引用上，英文部分加入連字號的「&」連接，而中文可比照敘述性引用，使用「及」、「與」、「和」字連接，或直接以「、」（頓號）進行區隔。

一、中文文獻

範例：

張世彗與藍瑋琛（2018）……或……（張世彗、藍瑋琛，2018）。

【出處：張世彗、藍瑋琛（2018）。**特殊教育學生評量（第 8 版）**。心理。】

二、英文文獻

範例：

Hargreaves and O’Connor (2018) ... 或 ... (Hargreaves & O’Connor, 2018).

【出處：Hargreaves, A., & O’Connor, M. T. (2009). *Collaborative professionalism: When teaching together means learning for all*. Corwin.】

參、作者在三人以上時

APA 格式第六版曾經規定作者三至五人時，第一次所有作者均列出，第二次以後僅寫出第一位作者姓氏並加 et al.（等人）。不過到了第七版，已再進一步簡化成若作者在三人以上時，第一次就可以在第一位作者的姓氏後加上 et al.（等人）。

若三人以上作者之文獻中，出現兩篇以上第一作者為同一人的情形，為避免在內文中的引用上出現兩次「同一位第一作者＋相同或不同年代」文獻之混淆，需要加列第二作者姓氏，再加上 et al.（等人）。若第二作者亦為同一人時，則需再加列出第三作者姓氏，以此類推。

一、中文文獻

範例：

洪儷瑜等人（2019）……或……（洪儷瑜等人，2019）。

【出處：洪儷瑜、梁雲霞、林素貞、張倫睿、李佩臻、陳金山、洪千惠、洪文芬、詹翠文、余威杰、陳文正、劉俊億、陳淑卿、乃瑞春、何佩容、羅廷瑛、簡瑋成、蕭莉雯、常本照樹、許恆禎……林祈叡（2019）。**跨年級教學的實踐展望：小校教學創新**。心理。】

二、英文文獻

範例：

Moulthrop et al. (2006) ... 或 ... however, others (Moulthrop et al., 2006) have found that...

【出處：Moulthrop, D., Calegari, N. C., & Eggers, D. (2006). *Teachers have it easy: The big sacrifices and small salaries of America's teachers.* The New Press.】

為方便瞭解與比較不同引用格式及不同作者人數在引用上的特徵，本書茲將其歸納如表 3-1 所示。

表 3-1

基本內文文獻引用款式

作者人數	括號內引用	敘述性引用
一位作者	（鄭崇趁，2018） (Weick, 2009)	鄭崇趁（2018） Weick (2009)
二位作者	（張世彗、藍瑋琛，2018） (Hargreaves & O'Connor, 2009)	張世彗與藍瑋琛（2018） Hargreaves and O'Connor (2009)
三位作者以上	（洪儷瑜等人，2019） (Moulthrop et al., 2006)	洪儷瑜等人（2019） Moulthrop et al. (2006)
團體或機關單位首次引用	（教育部國民及學前教育署〔國教署〕，2020） (Centers for Disease Control and Prevention [CDC], 2018)	教育部國民及學前教育署（國教署，2020） Centers for Disease Control and Prevention (CDC, 2018)
團體或機關單位第二次後引用	（國教署，2020） (CDC, 2018)	國教署（2020） The CDC (2018)
沒有縮寫的團體作者	（財團法人高雄市三塊厝興德團，2020） (Stanford University, 2020)	財團法人高雄市三塊厝興德團（2020） Stanford University (2020)

第五節　引用文獻的標點符號寫法與順序

壹、括號內引用的寫法

括號內引用的寫法，為作者和年代兩者皆必須呈現在前後括號內，不論英文或中文，作者和年代之間需以逗號區隔。中文部分使用「，」（全形逗號），英文使用「,」（半形逗號），並在逗號和年代間空一格區隔。其次，引用**兩篇以上之文獻**或**置入文字補充說明再加上引用文獻**時，應以分號區隔不同的文獻，中文部分應使用「；」（全形分號），英文部分則使用「;」（半形分號）區隔，但要注意，不要在括號內又置入括號，變成雙重括號的現象。

範例 1：

（黃嘉莉，2018）

(Fowler, 2012)

範例 2：

（例如：論述如何建構師培品保之體系的專書；黃嘉莉，2018）

(e.g., how to study policy for leaders; Fowler, 2012)

貳、英文、外文作者姓氏相同時

英文、外文作者姓氏相同時，相同姓氏之作者於文中引用時均引用全名，以避免混淆。

範例 1：

R. D. Luce (1995) and G. E. Luce (1988) ... 或 ... R. D. Luce (1995) 與 G. E. Luce (1988).

範例 2：
篠原清昭（2017）與篠原岳司（2015）……

【說明：日本教育學門對於內文中的文獻引用，依其歷史習慣，和 APA 格式一樣，通常亦僅列姓氏＋年代，此處為遇到相同姓氏學者之寫法。】

參、同時引用多筆文獻時

內文文獻同時引用多筆文獻時，中文依筆畫（英文依姓氏字母）、年代（由舊至新）、印製中等優先順序方式排列，不同作者之間用分號分開，相同作者不同年代之文獻用逗號分開。

範例 1：
吳清山（2005，2010，2016）……或……（吳清山，2005，2010，2016）
範例 2：
林雍智、吳清山（2012a，2012b，2013）
範例 3：
（吳清山、林天祐，1994，1995a，1995b；劉春榮，1995；林雍智，印製中）
範例 4：
Hoy (2007, 2009) ... 或 ... (Hoy, 2007, 2009)
範例 5：
Carraway et al. (2013, 2014, 2019) ... 或 ... (Carraway et al., 2013, 2014, 2019)
範例 6：
(Pautler, 1992; Razik & Swanson, in press-a, in press-b)

第六節　直接引用參考文獻的內文

寫作者在內文中引用參考文獻的內容文字時（包含寫作者引用自己已發表過的文章），宜根據寫作的脈絡，將該內容敘述彙整或改編為自己的話呈現，最後再加註上文獻來源。此種寫法會比直接引用參考文獻內的文字，更能符合文章主題與脈絡。

不過，有時在完整表達一個概念時，也會有直接引用參考文獻內容之需要。在直接引用上，除了必須在引文中適當利用「括號內引用」或「敘述性引用」註明該文獻的作者與年代外，還需正確註記引文在原始作品中出現的頁碼範圍。頁碼若為單頁，中文使用「頁 x」、英文使用「p. x」；若為多頁以上，中文使用「xx-xx 頁」、英文使用「pp. xx-xx」）。

引文若在 40 字以內，可視為「短引文」（short quotation），短引文可隨著文章段落的發展，使用上、下引號在文章段落中標示出，再於該引文的適當處，使用「括號內引用」或「敘述性引用」加註文獻的來源。

引文長度若超過 40 字，就視為「區塊引文」（block quotation），此時在引用上，不可以按照短引文的引用方式，以上、下引號在內文中標示處理，而應另外開一個區塊明示出引文。區塊引文的使用原則，有：

1. 需另開一新段呈現。
2. 需從左側縮排兩字元（約 0.5 寸）。
3. 中文字無須加粗體、英文字無須加斜體。
4. 夾於前後內文間的區塊引文，不必再列出上、下空行與內文區隔。
5. 最後應加註該引文在原始文獻中出現的頁碼。
6. 引註至頁碼處做總結，頁碼後不再加句點。

範例：

吳清山（2020）在闡述教育 111 的定義與內涵時指出：

> 教育 111，是一種教育的想像和實踐，它根源於古今中外教育家的教育觀淬鍊而成，提供教育發展的思考方向和教育政策的施政重點，其內涵包含一校一特色、一生一專長、一個都不少。（頁 9）

第七節　引用具有完整日期的文獻

需要引用完整日期（年月日）的參考文獻，包含紙本雜誌、報紙、線上雜誌、報紙、維基百科、會議報告、影音媒體類的 YouTube 影片、Podcast、Twitter、Facebook 的 Po 文和網頁等（詳見第 4 章），在內文中的引用，只需寫出「年代」即可，不必列出完整的年月日。

範例 1：同一篇文獻

a. 於內文中的引用：陳成宏（2021）或（陳成宏，2021）

b. 於文後參考文獻處的引用：

陳成宏（2021，11 月 20 日）。**欲加之話，何患無辭：學校組織八卦的意涵與相關特性之探討**〔論文發表〕。2021 東亞地區校長學學術研討會，臺北市，臺灣。

範例 2：作者有兩篇以上的完整日期文獻

a. 於內文中的引用：

同一年度先發表的一篇：林雍智（2021a）或（林雍智，2021a）；後發表的一篇：林雍智（2021b）或（林雍智，2021b）

b. 於文後參考文獻處的引用：

林雍智（2021a，12 月 4 日）。**APA 格式第 7 版在教育論文寫作上的應用**〔主題演講〕。臺北市立大學教育系，臺北市。

林雍智（2021b，12 月 17 日）。**實驗教育：如何以評鑑保障辦理品質與學生學習**〔專題演講〕。111 年度教育創新與展望論壇，臺北市。

第八節　作者未知或未標明作者，及作者為無名氏時的引用

作者未知或未標明作者（如法令、書籍、報紙社論），還有作者為

「無名氏」（Anonymous）時，依據下列原則引用。

壹、作者未知或未標明作者的文章

未標明作者的文章，把引用文章的篇名當作作者，在文中，中文用粗體顯示、英文用斜體，在括號中，中文用「 」、英文用“ ”顯示。

範例 1：

領導效能（1995）……或……（「領導效能」，1995）。

範例 2：

Educational Leadership (1994) ... 或 ... (“Educational Leadership,” 1994).

貳、作者未知或未標明作者的書籍

未標明作者的書籍，把引用書名當作作者，在文中，中文用粗體顯示，英文用斜體且每個字字首大寫，在括號中，中文用「 」、英文用“ ”顯示。

範例：

(“Interpersonal Skills,” 2019) ... 或 ... *Interpersonal Skills* (2019)...

參、作者自署為無名氏時

作者署名為無名氏時，中文以「無名氏」，英文以「Anonymous」當作作者。

範例 1：

無名氏（2019）……或……（無名氏，2019）。

範例 2：

... (Anonymous, 2018).

第九節　翻譯、再製、再出版、重新發行資料之引用

如果引用的文獻係屬於翻譯、再製、再出版或重新發行的資料時，在內文中引用文獻的年代會有二個，一個是原版本發行的年代，另一個是翻譯、再製、再出版或重新發行的年代。在引用時，中文、英文皆應該以斜線「／」區隔兩個年代，並將較早年代者置於前方。

範例 1：

林天祐編（2003／2017）

範例 2：

Dewey (1916/2015) ... 或 ... (Piaget, 1966/2000)

至於古典文件，引用上不必列入參考文獻中，文中僅說明引用之章節即可。

範例 1：

論語子路篇曾說……

範例 2：

(Song of Solomon 8:6)

第十節　第二手資料的引用

在學術文章的引用上，應盡量引用第一手資料，除非是已絕版、無法取得、無法透過一般管道尋獲，或是它所存在的原始版本是用作者不懂的語言撰寫的（有閱讀困難），盡量不要引用第二手資料（secondary sources）。如不得不引用第二手資料時，在文章後的參考文獻中，則需列出閱讀過的二手文獻來源。另外，如果引用第二手文獻時，第一手文獻

的年代未知，可將其忽略。

範例 1：

Edward's diary (as cited in Ben, 2009)

範例 2：

(Kutsyuruba et al., 2015, as cited in Saminathen et al., 2020)

範例 3：

林坤燦（2008，引自謝麗蓉，2023）認為部落式學習型組織，旨在解決原住民族學生的學習需求與可能的教導困難。

第十一節　引用特定局部文獻

引用特定局部文獻時，如資料來自特定章、節、圖、表、公式、投影片編號，要標明特定出處，若引用整段原文獻資料，則應加註頁碼。

範例 1：

(Shimamura, 2017, chap. 8) 或 (Bush, 2011, p. 29) 或 (Yukl, 1994) ... (pp. 4-5) 或 (Imai, slide 40).

範例 2：

... (Centres for Disease Control and Prevention, 2017, "What Can You Do" section)

【說明：若此文獻太長或難以充分引用時，可簡短列出。CDC 原文章節名稱為 "What can You Do to Prevent Kidney Failure?"】

範例 3：

（湯志民，2013／2017，第十章）或（湯志民，2017，頁 368）。

第十二節　引用個人通訊紀錄

引用個人通訊紀錄，如書信、日記、筆記、電子郵件、會晤、電話交談等，不必列入文章後的參考文獻中，但在內文引用時要註明：作者、個人紀錄類別，以及詳細日期。

範例 1：

（林雍智，上課講義，2020 年 4 月 15 日）。

範例 2：

(T. A. Razik, Diary, May 1, 1993).

第十三節　其他引用

除了本章上述提及的文獻引用方式外，有時寫作者視撰文之需要，也會在內文中添加一些訊息，做為補充說明。以下列舉的範例，為在內文段落中所加進的引用說明。

範例 1：

（詳細資料請參閱：黃旭鈞，2014，表 2-1）。

範例 2：

(see Table 3 of Salmi, 2009, for complete data).

第十四節　引用上的抄襲與剽竊

抄襲／剽竊（plagiarism）是違反著作權與學術倫理的行為，學術文章的作者在引用文獻時，一定要特別注意到勿將引用變成了抄襲／剽竊。

抄襲／剽竊指的是將他人的文字、想法、圖片變成自我的東西，抄襲／剽竊不但違反了日益受到重視的學術倫理信條，內文有抄襲／剽竊的作品也會被出版單位拒絕出版，更嚴重者會受到作者服務單位的譴責或處分。

此外，將自己曾經出版的文章當成是新文章的原創作品，稱之為自我抄襲／剽竊，此種行為亦是違反學術倫理的。因此，作者在撰寫文章時，應注意若遇到以下行為時，即應引用合適的出處：

1. 文意引用／改寫自己或他人主張時。
2. 直接引用自己或他人所撰文章時。
3. 提及數據（數字資料）時。
4. 對表或圖進行引用、再製時，若此表或圖取自網路，並且是免費的或有創作共用許可（creative commons）。
5. 對一段長文的複製或是呈現具有商業使用版權的測驗時。

第 4 章

參考文獻

參考文獻的寫法是 APA 格式中最重要的一部分，也是讀者在論文寫作上需經常參閱的一章。APA 格式對參考文獻的寫法，採用「作者—日期」系統，因此各類別參考文獻的寫法，大多依照「作者、年代、題目、來源」順序排列。APA 格式第七版的參考文獻寫法，相較於先前版本，做了相當的簡化，也因應網路資料的多樣化增列了許多新格式，如社群軟體 FB、Twitter、YouTube 的引用原則。

本章重點，依以下順序展開：

一、文獻的核心元素

二、文獻排列順序

三、常用的參考文獻類別

四、參考文獻格式與範例

五、參考文獻中常用的英文縮寫

讀者可視需要隨時參閱各種類的範例撰寫文獻，若範例並未完全與欲引用的文獻類別一致，亦可以援引其他類別文獻範例的規則，整合成適切的參考文獻格式。

第一節　緒論

《APA 格式出版指引手冊》就文後各類型參考文獻的寫法，每一版本均有局部的修正，例如第五版到第六版間已經修正了許多原有的寫法；目前最新的第七版又將第六版中所規定的寫法進行若干的簡化，再加入了一些現在社會中常用的新興社群媒體素材（如 YouTube、TED、Twitter、Wikipedia）等寫法。本章茲先介紹構成參考文獻的重要元素，隨後說明文獻的排列順序，再介紹常用參考文獻的格式，並舉出範例強化對該格式的瞭解。若讀者要瞭解有關參考文獻的各種詳細規定，亦可自行參閱《APA 出版手冊第七版》中的第九章和第十章的說明。

學術文章的寫作者必須注意到：APA 格式要求內文中所引用的文獻，必須出現在文後的參考文獻上，除了本書第三章有提到的部分例外，例如古典文件，書信、E-mail、日記等個人通訊紀錄或是法律條文等，其餘在內文中有引用過的全部文獻，均必須出現在文後的參考文獻中。其次，內文中的文獻引用和文後的參考文獻，在原作者的姓名（氏）以及年代也必須完全一致。另外，在撰寫引用的英文文獻上，除少數例外（例如文章中有出現同姓之作者等），其餘在引用英文文獻時，僅寫出作者姓氏，但在參考文獻中則須完整寫出姓氏以及名字縮寫（名及中間名），而中文文獻部分（含日文、韓文等亞洲國家文獻），則都需要寫出作者的全名。

第二節　構成參考文獻的核心元素

要構成一份完整的參考文獻，需具備四項核心元素，缺一不可。這四項核心元素為**「作者」**、**「年代／日期」**、**「題目名稱」**（以下簡稱題目）與**「資料來源」**（以下簡稱來源）。寫作者列出參考文獻的主要目的，是為了讓讀者從這四項核心元素中，找到可進一步搜尋、閱覽此參考文獻的線索，茲簡單說明各核心元素的撰寫要件如下，完整的參考文獻結構，可參考圖 4-1 所示。

圖 4-1

完整的參考文獻結構

英文文獻：

Nachbauer, M., & Kyriakides, L. (2019). A review and evaluation of approaches to measure equity in educational outcomes. *School Effectiveness and School Improvement, 31*(2), 306-331. https://doi.org/10.1080/09243453.2019.1672757

（作者：Nachbauer, M., & Kyriakides, L.；年代：(2019)；題目：A review and evaluation of approaches to measure equity in educational outcomes.；來源：*School Effectiveness and School Improvement, 31*(2), 306-331. https://doi.org/10.1080/09243453.2019.1672757）

中文文獻：

吳清基（編）（2019）。**教育政策與前瞻創新**。五南。

（作者：吳清基（編）；年代：（2019）；題目：**教育政策與前瞻創新**；來源：五南）

壹、作者

列出**「作者」**的目的，是為了要瞭解該篇文章的負責人。作者有「單一作者」、「多人作者」、「團體、機關單位作者」，「無名氏」或是「沒有作者」幾種情形。本章將在「文獻排列順序」中說明引用原則並加註範例說明之。

貳、年代／日期

「年代／日期」列出的目的，係為了要瞭解該篇文章的出版時間，其寫法有「單一年代」、「年、月」（例如：2020, June 6）、「年、月、日」、「年、季節」（例如：2020, Spring/Summer）、「一定的日期範圍」。年代／日期的寫法原則是在引用書籍時，使用該書籍出版的年代；引用期刊時，使用該文章在期刊卷期的發表年代；引用網頁時，則使用寫作者欲引用文章的版權年代／日期（而不是整個網頁的版權年代／日期），如果從該網站可以看到「最後更新日」，則以此做為引用之年代／日期。

參、題目

「題目」部分，是為了說明本篇文章該如何稱呼。「題目」的類型，大致上可以分為「單一題目」、「大計畫的一部分」與「沒有題目」三種。出現單一題目的可能狀況，包含有書籍、報告、網站等，引用上，該題目若為中文，必須使用**粗體**字呈現；若為英文，則要使用*斜體*呈現，且主標題和副標題的第一個字要大寫，其餘文字小寫（除專有名詞外，如 USA, New York 等）。如果題目是大計畫的一部分，這一個題目在中文時，不使用粗體（粗體會使用在描述題目之後的「來源」上）；若為英文，不使用斜體，但主標題和副標題的第一個字要大寫，其餘文字小寫（斜體會使用在描述題目之後的「來源」上）。如果遇到「沒有題目」的話，中文用全形方括號〔 〕，英文用半型方括號 [ ] 內置對此一主題的說明即可。

若該文獻係由英文以外的其他語言（包含西方國家語言及中、日、韓等亞洲語言），需在列出原文題目之後，再用方括號加註英譯之題目。

肆、來源

列出「來源」部分，是為了讓讀者可以瞭解該從何處找到該篇文章。來源的出處非常多樣，例如有整本書籍、期刊、出版品、資料庫、檔案資料、網站、社群媒體等，本章將逐一說明之。

「來源」的寫法，依照題目的類型而有不同。「單一題目」的來源可能出自於期刊、整本書籍、報告、學位論文、報紙、廣播、社群媒體（如

Instagram、Facebook、Twitter 等）或網站。在寫出來源之後，若該來源含有 DOI（數位物件識別碼）或 URL（網址），亦需加入；「大計畫的一部分」的來源包含了出自某期刊中的一篇文章、或是某一本書的其中一章等，在寫出來源之後，若該來源含有 DOI 或 URL，也需將其加入。此時，這個來源的文字在中文部分，必須加上**粗體**，英文部分則必須以*斜體*呈現。

特別是 DOI（或 URL）屬於來源中最後呈現的資料，自 APA 格式第六版起，便開始對加註 DOI 進行規範。DOI 碼是由國際 DOI 基金會（International DOI Foundation, IDF）所制定，提供文章一個永久的互動式標識符號（欲瞭解 DOI 之詳細規定，可上網參考以英文、中文、韓文與日文編寫之 DOI 手冊：https://www.doi.org/hb.html）。

在寫法上，過去的 DOI 註記方式，在數字碼之前曾使用過「http://dx.doi.org/」、「doi:」以及「DOI:」三種方式進行註記。不過，國際 DOI 機構目前已經制定最新標準的 DOI 碼標註方式，如以下所示：

https://doi.org/xx.xxxx/xxxxxxxx（xxxx 為 DOI 的數字編碼）

根據上述規定，原有的 DOI 碼，例如：DOI:xx.xxxx/xxxxxxx.，應該改為新的 URL，其方法為將 DOI 三個字置換為 https://doi.org/，隨後再加上完整的數字編碼。至於 DOI 的加註原則，隨著各種文獻申請到 DOI 的情況已日益普及，因此，APA 格式第七版也列舉了以下五項原則。

1. 不論文獻取自於紙本或線上，只要是參考文獻有 DOI 者，即應加註 DOI。
2. 如果文獻同時有 DOI 和 URL，只需加註 DOI。
3. 參考文獻中的 DOI 碼全文，為保持一致性，皆必須要轉成現行的 DOI 碼標註方式（亦即以 https:// 開頭的 DOI 碼）。
4. 從大部分的學術資料庫中擷取引用，但無 DOI 的文獻，不需加註 URL（從 ERIC 資料庫中擷取的除外，從 ERIC 中擷取的文獻要加上資料庫名稱與 URL）。

5. 當 DOI 碼太長、太複雜時，可以使用縮短的 DOI，但要確定這個縮短的編碼能正確導引到 DOI 的網頁。以此類推，引自 YouTube 的文獻，也可以從 YouTube 影片網頁中的「分享」處找到縮短的 YouTube 網址附上。

倘若構成參考文獻的各核心元素無法找到或有缺漏，可以參考表 4-1 的說明，為無法找到／缺漏的部分進行補正。

最後，寫作者需記得參考文獻的置放位置應在本文之後，以開一新頁開始撰寫，且在一開始寫上「參考文獻」四字（英文則是寫 References）為標題，不置章名、需置中、**粗體**呈現（參考表 2-2）；每一筆參考文獻自第二行起應該縮排；參考文獻的排列順序，可參考本章第三節。至於文章中若同時有引用中文與英文文獻時，參考文獻中是否應各自分開條列，並於開始條列文獻前加註**「中文部分」**、**「英文部分」**，則可依刊物的出版單位或學位論文等的規定加註。

第三節　文獻排列順序

參考文獻的排列順序，係由參考文獻結構中的核心元素之首，即「作者」的姓氏順序加以排序。由於中文和英文（含其他西方國家文字）在文字使用上的習慣不同，所以中文和英文的參考文獻，在排列順序上會產生些許差異。以下分述之。

壹、中文文獻排列順序

我國長久以來使用中文的習慣，均以姓氏筆畫由少至多進行排序，因此在排序中文的參考文獻時，也以作者的姓氏筆畫的順序做為排列順序。若姓氏相同，則比較作者「名」的首字筆畫順序。此種排法對寫作者來說，雖然必須費時計算作者姓氏筆畫（有時連作者名字的筆畫都要計

表 4-1

參考文獻中部分元素缺漏補正之解決方案

缺漏元素	解決方案	範例	
		內文中的文獻引用	參考文獻
核心元素皆未缺漏	按順序	（作者，年代） 作者（年代） (Author, Year) Author (Year)	作者（年代）。題目。來源。 Author (Date). Title. Source.
作者 Author	列出題目、年代和來源	（題目，年代） 題目（年代） (Title, year) Title (year)	題目。（年代）。來源。 Title (Year). Source.
年代 Date	列出作者，年代寫（無日期或 n.d.），後再寫題目和來源	（作者，無日期） 作者（無日期） (Author, n.d.) Author (n.d.)	作者（無日期）。題目。來源。 Author (n.d.). Title. Source.
題目	列出作者和年代，再用方括號說明主題，後列出來源	（作者，年代） 作者（年代）	作者（年代）。〔描述主題〕。來源。
作者和年代	列出題目，年代寫（無日期），後再列出來源	（題目，無日期） 題目（無日期）	題目（無日期）。來源。
作者和題目	將主題用方括號描述，再列出年代和來源	（〔描述主題〕，年代） 〔描述主題〕（年代）	〔描述主題〕（年代）。來源。
年代和題目	列出作者，年代寫（無日期），再用方括號描述主題，後置入來源	（作者，無日期） 作者（無日期）	作者（無日期）。〔描述主題〕。來源。
作者、年代和題目	以方括號描述主題，然後列出（無日期），再列出來源	（〔描述主題〕，無日期） 〔描述主題〕（無日期）	〔描述主題〕（無日期）。來源。
來源	比照個人通訊紀錄引用或找尋其他的來源引用	（個人紀錄類別，詳細年月日） 個人紀錄類別（詳細年月日）	不必列出參考文獻

註：本表中省略題目應置粗體（中文）或斜體（英文）之規定。為節省篇幅，英文範例僅說明 1-3 項；譯自 *Publication Manual of the American Psychological Association* (7th ed., p. 284), by American Psychological Association, 2020 (https://doi.org/10/1037/0000165-000). Copyright 2020 by the American Psychological Association.

算），但因為此種排列方式已有長期使用的共識，且目前的文書編輯軟體（如 Microsoft Word 等）亦可以對「文字排列順序」設定「筆畫（遞增）」進行排序，因此較不會出現問題或爭議。

依此，在引用日文、韓文等東亞語言的文獻上，若參考文獻的作者有漢字姓名，儘管日本和南韓有各自的特殊排序原則（例如以作者姓氏的發音字母順序做為排序標準），但在我國發表之文章中若有以中文提及日文、韓文的文獻，則按照中文文獻的排列順序。

歸納上述，中文文獻的排列順序，應按照下列各項原則列出。

一、依作者姓氏筆畫順序由少至多列出

範例：

王如哲（2009）。

湯堯、成群豪、楊明宗（2006）。

顏國樑（2010）。

葉養正明（2006）。

二、同一位作者有兩筆以上文獻時，依年代先後順序列出

範例：

顏國樑（2010）。

顏國樑（2014）。

三、只有一位作者的文獻，永遠排在多位作者之前

範例：

吳清山（2018）。

吳清山、劉春榮、林天祐、陳明終（1999）。

四、當有多位作者，且第一作者相同時，依第二、第三及以後作者之姓氏筆畫順序排列

範例：

楊思偉、李咏吟、高新建、黃淑馨、李振賢、陳盛賢（2005）。

楊思偉、高新建、陳木金、魯先華、何金針、張淑姬（2007）。

五、相同作者且相同年代，但文章名稱不同時，以文章發表先後順序，分別在年代後加註 a、b、c……，再依序列出

範例：

潘慧玲、洪詠善（2018a）。

潘慧玲、洪詠善（2018b）。

六、作者為團體或機關單位時，以團體全名做為比較基礎；當作者為機關單位的附屬團體時，全名以「主機關先，附屬團體後」呈現

範例：

大學入學考試中心考試服務處（2020）。

高雄市政府文化局（2019）。

教育部統計處（2020）。

七、引用文章做後設分析（meta-analysis）時，被當成後設分析的文獻，必須在本文後的參考文獻中逐一列舉（不必再獨立列一份參考文獻）。進行後設分析的文獻在前面要加註 * 號，且在「參考文獻」之下一行說明加註星號者為後設分析的文獻（範例：「* 為列入後設分析之文獻」）

範例：

* 蕭美雯（2011）。**中部地區國中教師制握信念、復原力與幸福感關係之研究**〔未出版之碩士論文〕。國立彰化師範大學。

貳、英文（西文）文獻排列順序

英文（西文）文獻在排列順序上，比中文文獻更具複雜性，其排列順序，應遵循下列數項原則進行。

一、依作者姓氏字母（A、B、C）順序排列

若參考文獻直接以文章的篇名或是書名做為作者，且該篇名或書名以數字做為開頭時，以文字之字母順序比較，如 21st century education 是以 Twenty-first century education 做為比較基準。

二、同一位作者有兩筆以上文獻時，依年代先後順序列出

範例：

Simon, H. A. (1996).

Simon, H. A. (2013).

三、只有一位作者的文獻，永遠排在多位作者之前

範例：

Leithwood, K. (1991).

Leithwood, K., & Seashore-Louis, K. (2012).

四、當有多位作者，且第一作者相同時，依第二、第三及以後作者之字母順序排列

範例：

Murphy, J. F., & Meyers, C. V. (2007).

Murphy, J. F., & Tobin, K. J. (2011).

五、相同作者且相同年代，則依篇名或書名字母順序排列（去除 A、The 等冠詞之後），並於年代後方加註 a、b、c 等做為註記

範例：

Razik, T. A., & Lin, T. -Y. (1990a). *Fundamental concepts ...*

Razik, T. A., & Lin, T. -Y. (1990b). *Human relations ...*

六、作者的姓氏相同，但名字不同時，依作者名字的字母順序排列

範例：

Liu, C. -R. (1993).

Liu, M. -C. (1990).

七、作者為團體或機關單位（如政府機關、學協會、非營利組織、法人、或是社群、讀書會等）時，以團體全名的字母做為比較基礎，當作者為機關單位的附屬團體時，全名要以「主機關先，附屬團體後」呈現

範例：

【正確】American Association of Colleges for Teacher Education, Japan-US Teacher Education Consortium. (2018).

【錯誤】Japan-US Teacher Education Consortium, American Association of Colleges for Teacher Education. (2018).

八、作者為個人與機關團體合作時，先列出個人作者，再列出團體的全名

範例：

Mcdonald, J. P., & the members of Cities and Schools Research Group. (2014).

【說明：團體名稱之前，應加上「the members of」；團體名稱的每個英文字應大寫。】

九、未標明作者的書或文章，依書名、文章篇名（去除冠詞之後的）做排序

範例：

Generalized anxiety disorder. (2019).

十、作者署名為 Anonymous（無名氏）時

作者署名為無名氏時，以 Anonymous 來與其他作者比較。

十一、引用文章做後設分析（meta-analysis）時，被當成後設分析的文獻，必須在本文後的參考文獻中逐一列舉（不必再獨立列一份參考文獻）。進行後設分析的文獻在前面要加註 * 號，且在「參考文獻」之下一行說明加註星號者為後設分析的文獻（英文註記為：References marked with an asterisk indicate studies included in the meta-analysis）

範例：

*Bretschneider, J. G., & McCoy, N. L. (1968). Sexual interest and behavior in health 80-102-year-olds. *Archives of Sexual Behavior, 14,* 343-350.

第四節　常用的參考文獻類別

常用的參考文獻類別，依據其屬性或呈現方式（途徑）的不同，大致可以分為「文字作品」（textual works）、「資料檔、軟體、測驗」（data sets、software、tests）、「影音媒體」（audiovisual media）、與「線上媒體」（online media）四大類別，每一類別之中再設有若干項目。上述四大類別與各項目在撰寫參考文獻時，所必須遵循的格式規定皆有些許差別。茲簡介四大類別與各類別中的項目。

壹、文字作品類

文字作品類包含：（1）期刊類（含期刊、雜誌、報紙、部落格）；（2）書籍類（書、手冊、電子書、有聲書）；（3）編輯書的其中一章（含詞庫、百科全書）；（4）報告書及灰色文獻（介於正式發行的白色文獻與不公開出版並深具隱密性的黑色文獻間的一種文獻，灰色文獻有出版，但難依一般方式購得）；（5）會議（研討會、論壇等）發表之論文；（6）學位論文（碩、博士論文）；（7）評論（reviews）；及（8）未發表或非正式發表之作品。

貳、資料檔、軟體、測驗類

資料檔、軟體及測驗類包含了：（1）數據集與未公開原始數據；（2）電腦軟體、行動電話 App、儀器設備、裝備；（3）測驗、量表（指導手冊及測驗、量表）、商品清單、測驗要的資料庫紀錄。

參、影音媒體類

影音媒體包含：（1）視聽作品（含電影、影片、電視影集、電視劇、TED 演講、YouTube）；（2）音源作品（含音樂專輯、單曲、音軌、Podcast、廣播採訪、演講的錄音檔）；（3）視覺作品（含博物館的藝術作品、博物館網站中的檔案、剪貼畫、圖片素材、資訊圖表、地圖、照片、PowerPoint 的投影片）。

肆、線上媒體類

線上媒體類包含：（1）社群媒體（含 Tweet、Tweet 檔案、Facebook 的 Po 文、Facebook 的網頁、Instagram 照片或影片、Instagram 標註、線上論壇 Po 文）；（2）網頁或網站（含新聞網站中之網頁、網站中有團體作者之網頁、網站中為單一作者之網頁、無日期之網頁、網站上明示引用日期的網頁）。

《APA 出版手冊第七版》針對上述四大類別的參考文獻，包含各類別的細目分項，共提出 114 種參考範例。這些範例大致涵蓋寫作者在引用參考文獻中可能遇到的各種類別與項目。限於篇幅，本章僅以條列說明及舉例方式，介紹在中文寫作環境中較常遇到、較為重要的參考文獻格式範例。若欲完整瞭解各種類格式範例，可參考該手冊的第十章「參考文獻範例」。

在進入範例之前，值得注意的是，APA 格式第六版中，對於參考文獻的格式規定做了些許增修，例如：（1）英文作者的姓氏以及第一個名字縮寫均相同時，第二個名字可以全部寫出來並用中括號（brackets）標示；（2）新增 DOI 的標註；（3）電子媒體之文獻一律不必詳細寫出上網擷取該文獻的詳細日期，除非該網站內容經常變動；（4）作者超過八人時，不必再一一列出每一作者姓名，僅列出前六位與最後一位作者，中間加入「……」；（5）學位論文引用格式；（6）出版商所在都市的州名（單指美國）均列出，不可省略；美國以外之出版商則寫出都市名以及國名。但上述規定在進入到第七版手冊之後，又再進一步的修訂（或簡化）上述規定。對應上述事項，第七版的修訂為：（1）此項目規定照舊；（2）DOI 的寫法統一使用標準格式，但若有縮短版本，也可以使用縮短版本；（3）此項不變；（4）作者在 2～20 人時，一律列出；作者超過 21 人時，須列出前 19 位作者與最後一位作者，中間加入「……」；（5）學位論文僅寫到校名，不必再寫出大學所在都市名；（6）取消撰寫出版商所在都市，僅列出出版商名稱即可。此外，相較於第六版格式，第七版格式還有一些細部的調整，寫作者可參考下列各項範例，瞭解最新格式。

寫作者在使用 APA 格式寫作前，需先瞭解上述版本之間的差別，才不會在撰寫參考文獻時，混用了第六版格式和第七版格式的規定。

第五節　參考文獻格式與範例

本節綜合前節所述的四大項參考文獻類別，以「期刊類」、「書籍類」、「會議報告」、「學位論文」等九項寫作者和讀者最常使用類別之參考文獻格式順序，簡單介紹各類中較常看見或使用項目之撰寫格式，再透過範例加以說明該項文獻之撰寫重點。

壹、期刊類

期刊類屬於「文字作品類」其中一子分類，包含期刊、雜誌、報紙、部落格等，由於學術文章中引用期刊類文獻之比率最高，因此需詳細介紹本類文獻的撰寫格式。期刊類參考文獻的格式原則，如表 4-2 所示。

表 4-2

期刊類文獻格式原則

作者	年代／日期	題目	來源	
			期刊資訊	DOI 或 URL
作者姓名或 作者 1、作者 2 作者 1～作者 19…… 最後 1 位作者或 團體名稱	（年）或 （年月）或 （年月日）.	文章名稱	**期刊名稱，卷**（期），頁碼。 或 **期刊名稱，期**，頁碼。	https://doi.org/... 或 https://...
Author, A. A., & Author, B. B.	(year)	Title of article.	*Title of Periodical, Vol.* (No.), Page.	https://doi.org/... 或 https://...

註：來源處若有 DOI 或 URL 即需加上。

一、中文期刊格式

●作者為一人（單著）的期刊

作者（年代）。文章名稱。**期刊名稱，卷**（期）別，頁碼。

範例：

卯靜儒（2012）。尋找最大公約數？高中歷史教科書編寫與審查互動過程分析。**當代教育研究，20**（1），83-122。

●作者為二人的期刊

作者 1、作者 2（年代）。文章名稱。**期刊名稱，卷**（期）別，頁碼。

範例：

黃旭鈞、陳建志（2019）。社會網絡分析應用在初任校長導入方案對校長專業發展成效分析之研究。**教育與心理研究，42**（2），31-53。http://doi.org/dzfn

●作者為三人的期刊

作者 1、作者 2、作者 3（年代）。文章名稱。**期刊名稱，卷**（期）別，頁碼。

範例：

林昭宇、吳可文、林敏智（2012）。數位原住民虛擬世界的現實價值：視覺藝術的教學革新。**美育雙月刊，188**，89-96。

【說明：在內文中的文獻引用，應寫成：林昭宇等人（2012）或（林昭宇等人，2012）。】

●外文文章改成中文期刊

作者 1、作者 2（年代）。原文文章名稱〔中譯文章名稱〕。**期刊名稱，卷**（期）別，頁碼。

範例：

田村知子、本間学（2014）。カリキュラムマネジメントの実践分析方法の開発と評価〔課程經營實踐分析方法之發展與評鑑〕。**カリキュラム研究，23**，43-55。https://doi.org/10.18981/jscs.23.0_43

● 文章已獲同意刊登，但尚未出版的期刊

作者（印製中）。文章名稱。**期刊名稱**。

範例：

吳清山、王令宜、林雍智（印製中）。校長素養導向領導的概念分析與實踐之研究。**教育研究月刊**。

二、英文期刊格式

● 一位作者的英文期刊

Author, A. A., (Year). Title of article. *Title of Periodical, xx*(xx), xx-xx. https://doi.org/...

● 有 DOI，作者為 20 人以下的英文期刊

Author, A. A., & Author, B. B. (Year). Title of article. *Title of Periodical, xx*(xx), xx-xx. https://doi.org/...

範例：

Tsirkas, K., Chytiri, A.-P., & Bouranta, N. (2020). The gap in soft skills perceptions: A dyadic analysis. *Education + Training, 62*(4), 357-377. https://doi.org/10.1108/ET-03-2019-0060

● 有 DOI，作者在 21 人以上的英文期刊

Author, A. A., Author, B. B., Author, C. C., Author, D. D., Author, E. E., Author, F. F., ... Author, Z. Z. (Year). Title of article. *Title of Periodical, xx*(xx), xx-xx. https://doi.org/...

範例：

Nath, A. P., Ritchie, S. C., Grinberg, N. F., Tang, H. H., Huang, Q. Q., Teo, S. M., Ahola-Olli, A. V., Wurtz, P., Havulinna, A. S., Santalahti, K., Pitkanen, N., Lehtimaki, T., Kahonen, M., Lyytikainen, L. P., Raitoharju, E., Seppala, I., Sarin, A. P., Ripatti, S., Palotie, A., ... Inouye, M. (2019). Multivariate genome-wide association analysis of a cytokine network reveals variants with widespread immune, hematological, and cardiometabolic pleiotropy. *American Journal of Human Genetics, 105*(6), 1076-1090. https://doi.org/10.1016/j.ajhg.2019.10.001

● 非以英文撰寫的期刊（主要寫法和英文期刊格式相同，但需在文章標題後加註英譯之標題名稱）

範例：

Bressoux, P. (2001). Réflexions surl' effet-maître et l' étude des pratiques enseignantes [Reflections on the master effect and the study of teaching practices]. *Les Dossiers des Sciences de l'Education, 5,* 35-52.

【說明：此文獻為以「法文」撰寫的期刊論文。】

● 作者為個人與機關團體（文章若有 DOI，即需加上）

Author, A. A., & the members of Group. (Year). Title of article. *Title of Periodical, xx*(xx), xx-xx. https://doi.org/...

【說明：列出參考文獻時，在團體名稱前要加上「the members of」。】

● 文章有 DOI，有外審制度並同步發行書面、電子版之期刊

Author, A. A., Author, B. B., & Author, C. C. (Year). Title of article. *Title of Periodical.* Advance online publication. https://doi.org/...

【說明：Advance online publication 的期刊係指有經過外審，且已獲得接受，刊在某期刊之文章，且該文章在正式刊載前，已經公開提供。但由於該刊載文章之期刊尚未正式出版，因此，該文章尚無卷期號碼與頁碼，但已取得 DOI

碼。】

範例：

Sizemore, R. C., & Zaman, M. S. (2020). Ebola virus and SARS-Cov-2: Similarities and differences. *Journal of Health and Social Sciences.* Advance online publication. https://doi.org/10.19204/2020/blvr4

● 文章尚未正式發行

Author, A. A., Author, B. B., & Author, C. C. (in press). Title of article. *Title of Periodical.*

【說明：在內文中的文獻引用，應寫成：(Author, in press) 或 Author (in press)】

範例：

Abi-Rafeh, J., & Azzi, A. J. (in press). Emerging role of online virtual teaching resources for medical student education in plastic surgery: COVID-19 pandemic and beyond. *International Journal of Surgical Reconstruction.*

● 被翻譯後重新發行的期刊

Author, A. A. (Year). Title of article (B. B. Author & C. C. Author, Trans.), *Title of Periodical, xx*(xx), xx-xx. https://doi.org/...

● 刊載於期刊的某個專題或特刊

Author, A. A. (Year). Title of article [Special section/issue]. *Title of Periodical, xx*(xx), xxx-xxx.

範例：

Makoni, M. (2019). Lots of talk, little progress [Africa in Fact]. *The journal of Good Governance Africa, 50,* 50-53.

【說明：頁碼應撰寫該文章的頁碼，而不是整個專題或特刊的頁碼。】

三、中文雜誌、報紙文章格式

● 紙本雜誌文章

作者（年、月）。文章名稱。**雜誌名稱，卷**（期）別，頁碼。

範例：

賓靜蓀（2020 年 5 月）。一場疫情推動教育界加快數位轉型。**親子天下，114**，94-95。

【說明：本文獻在內文中的引用方式為賓靜蓀（2020）或（賓靜蓀，2020）。】

● 線上雜誌文章

作者（年、月、日）。文章名稱。**雜誌名稱**。URL。

範例：

程遠茜（2018，3月1日）。公辦公營實驗學校的一天　北市和平實小：從零打造芬蘭式主題教學。**親子天下**。https://www.parenting.com.tw/article/5076333-公辦公營實驗學校的一天　北市和平實小：從零打造芬蘭式主題教學/

【說明：本文獻在內文中的引用方式為程遠茜（2018）或（程遠茜，2018）。】

● 報紙文章（含紙本與線上報紙）

作者（年、月、日）。文章名稱。**報紙名稱**。版次或網址。

範例：

郭琇真、江婉儀（2020，6 月 14 日）。4 千雙手植樹　為地球降溫。**聯合報**，1 版。

阮筱琪（2020，5 月 29 日）。北市小學生運用 AI 設計機器人導覽校園。**國語日報**。https://www.mdnkids.com/news/search_detail.asp?Serial=116565

【說明：報紙名稱後若無版次，使用句點「。」；若還有版次，則報紙名稱和版次中間，以逗點「，」間隔。】

四、英文雜誌、報紙文章格式

● 紙本雜誌之文章

Author, A. A., & Author, B. B. (Year, Month). Title of article. *Magazine Title, xx*(xx), xx-xx. 或

Author, A. A., & Author, B. B. (Year, Month Day). Title of article. *Magazine Title, xx*(xx), xx-xx.

範例：

Cherry-Paul, S., Cruz, C., & Ehrenworth, M. (2020, February). Making reading workshop work. *Educational Leadership, 77*(5), 38-43.

● 線上雜誌之文章

Author, A. A., & Author, B. B. (Year, Month Day). Title of article. *Magazine Title.* https://...

範例：

Newsome, M. (2020, June 23). More than 60 colleges hit with lawsuits as students demand tuition refunds. *Newsweek.* https://www.newsweek.com/more-60-colleges-hit-lawsuits-students-demand-tuition-refunds-1512378

● 紙本報紙文章

Author, A. A. (Year, Month Day). Title of article. *Newspaper Title,* Page x.

範例：

Osaki, T. (2019, Apr. 2). Japan’s next era to be named Reiwa. *The Japan Times*, 1.

● 電子報（線上）

Author, A. A. (Year, Month Day). Title of article. *Newspaper Title.* https://...

【說明：此處的「電子報」係指從報紙的網站引用之文章。引用自非報紙的網站，如新聞台網站上文章的格式，可參考本章「玖、影音媒體類」之「四、

英文線上媒體」中的格式引用範例。】

範例：

Adely, H. (2020, Apr. 23). 'No one to help me': Special education families struggle with coronavirus school closures. *USA Today.* https://www.usatoday.com/story/news/education/2020/04/23/coronavirus-special-education-students-disability-school-closures/3008234001/

●線上期刊、報紙的評論專欄

Author, A. A. (Year, Month Day). Article title [Comment on the article "Title of article"]. *Newspaper Title.* http://...

範例：

Doward, J. (2020, Jun 28). Only 13% of UK working parents want to go back to "the old normal" [Comment on the article "Coronavirus live news: US cases pass 2.5m as Australia considers new lockdown in Melbourne"]. *The Guardian.* https://www.theguardian.com/world/2020/jun/28/only-13-of-uk-working-parents-want-to-go-back-to-the-old-normal

貳、書籍類

書籍類包含書、手冊、電子書、有聲書等，其參考文獻撰寫格式原則，如表 4-3 所示。以下，再分項介紹「中文書籍格式」、「英文書籍格式」與「中文編輯書籍之書中章節（條目）格式」、「英文編輯書籍之書中章節（條目）格式」之寫作原則與範例。

表 4-3

書籍類文獻格式原則

作者	年代／日期	題目	來源	
			出版商資訊	DOI 或 URL
作者或 作者 1、作者 2 或 團體名稱或 編者（編）或 編者 1、編者 2 （編）	（年代）	**書名**或 **書名**（版次，卷數）或 **書名**〔有聲書〕 或 **書名**（編者 1 編）或 **書名**（翻譯者 1 譯）	出版商名稱。 或 初版之出版商名稱；再版之出版商名稱。	https://doi.org/ ... 或 https://...
Author, A. A., & Author, B. B. 或 Editor, C. C. (Ed.). 或 Editor, C. C., & Editor, D. D. (Eds.).	(Year)	Title of book. 或 Title of book (edition., Vol.). 或 Title of book (C. C. Editor, Ed.) 或 Title of book (T. Translator, Trans.).	Publisher Name. 或 First Publisher Name; Second Publisher Name.	https://doi.org/ ... 或 https://...

註：來源處若有 DOI 或 URL 即需加上。

一、中文書籍格式

● 作者為一人（單著）的書

作者（年代）。**書名**。出版商名稱。

範例：

吳清山（2020）。**教育 V 辭書**。高等教育。http://doi.org/10.3966/9789575113858

●作者為二人以上（合著）的書

作者 1、作者 2（年代）。**書名**。出版商名稱。

範例：

高家斌、白沛緹（2011）。**幼兒園經營管理：理論與實務**。高等教育。

●電子書或有聲書

作者（年代）。**書名**〔電子書或有聲書〕。出版商名稱。

範例：

高木直子（2020）。**媽媽的每一天：高木直子手忙腳亂日記**（洪俞君、陳怡君譯）。大田。http://booklook.morningstar.com.tw/pdf.aspx?bokno=0710129

蔡惠芬（著）、劉鵑菁（繪）（2020）。**病毒防疫繪本：我把病毒殺光光**〔有聲書〕。人類文化。

【說明：若所閱讀的電子書、有聲書在內容上與紙本書籍完全一致，在引用時就不必特定註明所閱讀的是電子書或有聲書版本。但若與紙本書籍內容不同，或是重點在於電子書、有聲書的解說……等，就需註明。】

●有編輯者編輯的書

編者（編）（年代）。**書名**。出版商名稱。

範例：

翁福元、陳易芬（編）（2019）。**臺灣教育 2030**。五南。

●非以中文撰寫出版的書

作者（年代）。**書名**〔中譯書名〕。出版商名稱。

範例：

篠原清昭（編）（2013）。**教育のための法学：子ども・親の権利を守る教育法**〔用於教育的法學：守護孩子與家長權利的教育法〕。ミネルヴァ。

Staupe, J. (1991). *Schulrecht von A-Z*〔學校教育法從 A 到 Z〕. Deutscher Taschenbuch Verlag.

이병진（2003）。**교육 리더십**〔教育領導〕。학지사。

【說明：非以中文撰寫及出版的書，需要在原文書名後，增加方括號，並在方括號中加註中譯書名；出版商名稱則維持原文不變。】

● 翻譯為中文的翻譯書

作者（年代）。**書名**〔翻譯者譯，版本〕。譯本出版商名稱。（原著出版年：年代）

範例：

佐藤學（2019）。**學習革命的願景：學習共同體的設計與實踐**〔黃郁倫譯〕。天下文化。（原著出版年：1999）

【說明：內文文獻的引用為佐藤學（1999／2019）或（佐藤學，1999/2019）。】

範例：

Knight, G. R.（2020）。**教育哲學導論**〔簡成熙譯，第4版〕。五南。（原著出版年：2008）

【說明：此書為臺灣學者翻譯外國學者所著之第四版書籍。APA格式第七版在翻譯書的寫法上，改為原作者在前、翻譯者列於書後方括號中的方式已和前版本有異。因此，在參考文獻排列順序上，也需依原作者之姓名的順序排列，例如將英文翻譯書按字母順序，依照出版或投稿單位的規定，排列於中文文獻前或後。】

範例：

Wagner, T.（2017）。**未来の学校：テスト教育は限界か**〔未來的學校：考試教育已到了極限？〕〔陳玉玲譯〕。玉川大学出版部。（原著出版年：2014）

【說明：此書特別之處，在於該書的原著為英語，並由臺灣學者譯為日文後，在日本出版。由於參考文獻的寫作者閱讀的是這本日譯本而非英文原著，因此在引用上就應以日譯本為主。不過，引用該書時，會遇到原著英文書名 *The Global Achievement Gap* 與譯著書名之差異，此處應該引用日譯本書名，故應加註從日譯本中譯後之書名；譯者姓名置於加註中譯書名之後。】

● 再版的書、電子書或有聲書

作者（年代）。**書名**（編者或譯者姓名）〔有聲書或電子書〕。再版出版商名稱。（原著出版年：年代）

範例：

盧千惠（2019）。**給孩子們的台灣歷史童話**（第 2 版）〔有聲書〕。玉山社。（原著出版年：2005）

Saint-Exupéry, A.（2020）。**小王子　台語版**（蔡雅菁譯）〔有聲書〕。前衛。（原著出版年：1943）

【說明：內文文獻的引用為「作者（原著出版年／再版年）」或「（作者，原著出版年／再版年）」。】

● 叢書中的其中一本

作者（年代）。**書名**。出版商名稱。

範例：

中華民國師範教育學會（編）（2019）。**臺灣小學師範教育發展（師範專科學校篇）：師範精神的延續**。學富文化。

【說明：叢書中的單本書，在參考文獻中的寫法和單純書籍相同，但只需列入該書之書名，不需加入叢書（系列書）的書名。】

【說明：此書為《臺灣師範教育史叢書：小學師資培育系列》之其中一冊。】

● 辭典、詞庫或百科全書

作者或團體名（年代）。**辭典、詞庫或百科全書書名**。年、月、日，取自 URL 或

作者或團體名（年代）。**辭典、詞庫或百科全書書名**（版次）。出版商名稱。URL

範例：

國語日報出版社（編）（2009）。**新編國語日報辭典**（修訂版）。國語日報。

柳書琴（編）（2019）。**日治時期台灣現代文學辭典**。聯經。

劍橋大學出版社（無日期）。**劍橋詞典**。2019年12月21日，取自 https://dictionary.cambridge.org/zht/

【說明：若線上參考文獻為持續更新的狀態，且版本還在發展中，此時在「年代」應註記為「無日期」，再於書名後，加上引用之年月日。】

● 選集（文集、詩選等）

編者（編）（年代）。**選集書名**。出版商名稱。

【說明：「年代」處為該選集出版的年代。】

範例：

KMP 編輯部（編）（2020）。**人氣樂曲鋼琴獨奏樂譜精選集：紅蓮華／unlasting ～ I beg you**。KMP。

田原（編譯）（2020）。**金子美鈴詩選**。印刻文學。

● 宗教作品

經典名稱（年代）。出版商名稱。（網址）（原著出版年：年代）或

經典名稱（譯者＋譯）（年代）。出版商名稱。或

經典名稱（版本）（年代）。出版商名稱。（原著出版年：年代）

範例：

法華經（賴永海編）（2012）。聯經。

古蘭經（馬堅譯）（2002）。法赫德國王古蘭經印製廠。（原著出版年：1986）

【說明：宗教經典與古典作品的引用方式與書籍相同。基本上，經典被視為無作者之書籍，但若引用之經典有加上註釋之版本，則視為有編輯的書。】

二、英文書籍格式

● 作者為一人（單著）的書

Author, A. A. (Year). *Title of book*. Publisher Name. DOI

範例：

Fowler-Finn, T. (2013). *Leading instructional rounds in education: A facilitator's guide*. Harvard Education Press. https://doi.org/10.1007/s11159-014-9418-0

● 電子書（如 Kindle book）或有聲書（與紙本書內容有異時，才需特別標識電子書／有聲書）

Author, A. A. (Year). *Title of book* [Audiobook]. Publisher Name. URL

範例：

Fluke, J., & Greene, D. (2020). *Bedtime stories for kids, collection: Meditations stories for children with fairies, aliens and magical characters to help your kid falling Asleep, learn mindfulness and feeling calm* [Audiobook]. Audiobooks.com. https://www.audiobooks.com/book/stream/436220

● 有編輯者編輯的書

Editor, A. A. (Ed.). (Year). *Title of book*. Publisher Name.

範例：

Barden. N., & Ruth, C. (Eds.). (2019). *Student mental health and wellbeing in higher education: A practical guide*. SAGE.

● 非以英文撰寫出版的書

Author, A. A. (Year). *Title of book* [English Title]. Publisher Name.

範例：

Vygotsky, L. S. (1983). *Sobraniye sochieneii, Tom pyati: Wsnovy defektologii* [Collected works, Vol. 5: Foundations of defectology]. Izdatel'stvo Pedagogika.

Bundesministerium für Bildung und Forschung. (2019). *Bericht der Bundesregierung zur internationalen Kooperation in Bildung, Wissenschaft und Forschung 2017–2018* [Federal government report on international cooperation in education, science and research 2017–2018]. https://www.bmbf.de/upload_filestore/pub/Bundesbericht_ Internationale_Kooperation_2017_2018_Kurzfassung_deutsch.pdf

● 翻譯為英文並再版的書籍

Author, A. A. (Year). *Title of book* (A. A. Author, Trans.; Version ed.). Publisher Name. (Original work published year)

範例：

Saint-Exupéry, A. (2019). *Le peiti prince* (R. Howard, Trans.). Harvest Book. (Original work published 1943)

● 再版的書、電子書或有聲書

Author, A. A. (Year). *Title of book* (A. A. Editor, Ed.). Publisher Name. (Original work published ycar)

範例：

Hemingway, E. (2020). *The old man and the sea: The hemingway library edition* (P. Hemingway & S. Hemingway, Eds.). Scribner. (Original work published 1952)

3G E-learning (2020). *Quality in education* (2nd ed.) [Audiobook]. http://www.3ge-learning.com

● 多卷套書的其中一卷

Author, A. A. (Year). *Title of book* (Version ed., Vol. x). Publisher Name. 或

Author, A. A. (Year). *Title of multivolume: Vol. x. Title of book*. Publisher Name.

範例：

Mason, C. M. (2017). *The home education* (Vol. 1). Living Book Press.

Kirchner, J., & McMichael, A. (2019). *Inquiry-based lessons in world history: Vol. 1. Early humans to global expansion.* Prufrock Press.

● 叢書的其中一本

Author, A. A. (Year). *Title of book*. Publisher Name.

【說明：叢書中的單本書，在參考文獻中的寫法和單純書籍相同，但只需列入該書之書名，不需加入叢書（系列書）的書名。】

範例：

Sack, R., & Saidi, M. (1997). *Functional analysis (management audits) of the organization of ministries of education.* UNESCO.

【說明：此書原為 UNECSO 之 Fundamentals of educational planning 第 54 集。】

● 辭典、詞庫或百科全書

Author, A. A. (n.d.). *Title of Book.* Retrieved Month Day, Year, from URL 或

Author, A. A. (Ed.). (Year). *Title of Book* (Year ed.). Publisher Name. URL

【說明：若該辭典、詞庫或百科全書有穩定的參考來源時，「引用日期」就可省略不寫。】

範例：

Cambridge University Press. (n.d.). *Cambridge dictionary.* Retrieved Dec 21, 2019, from https://dictionary.cambridge.org/us/

Encyclopedia.com. (n.d.). *The world's #1 online encyclopedia.* Retrieved Jun 22, 2020, from https://www.encyclopedia.com

Rosenthal, H. (2017). *Encyclopedia of Counseling* (4th ed.). Routledge.

● 選集（文集、詩選等）

Editor, C. C. (Ed.). (Year). *Title of Anthology.* Publisher Name.

【說明：與 p. 76「有編輯者編輯的書」的格式相同。】

● 宗教作品

Book. (Year). Publisher Name. (Original work published year) 或

Book. (A. A. Author, Trans.). (Year). Publisher Name.

【說明：宗教經典與古典作品的引用方式與書籍相同。基本上，經典被視為無作者之書籍，但若引用之經典有加上註釋之版本，則視為是有編輯的書。】

範例：

The Heart Sutra. (R. Pines, Trans.). (2005). Counterpoint.

The Diamond Sutra: Transforming the way we perceive the world. (2000). Wisdom.

The New International Bible. (2020). New International Version. https://www.biblestudytools.com/niv/ (Original work published 1967)

三、中文編輯書籍之書中章節（條目）格式

學術論文寫作者在引用書籍類之文獻時，也經常會遇到該文獻為某專書中之其中一章（條目）之情形。因此，亦需在書籍類的格式外，再加以瞭解如何撰寫編輯書籍之書中章節（條目）之寫作格式。茲整理資料為本項目之中文參考文獻撰寫格式原則於表 4-4 中，再分項說明並提示參考範例如下。

表 4-4

中文編輯書籍之書中章節（條目）參考文獻格式原則

作者	年代／日期	題目	來源	
			出版商資訊	DOI 或 URL
作者姓名或 作者 1、作者 2 或 團體名稱	（年代）	章名或 條目名	載於編者（編），**書名**（頁數）。出版商名稱。或 載於編者 1、編者 2（編），**書名**（版次，頁數）。出版商名稱。	https://doi.org/...或 https://...

註：來源處若有 DOI 或 URL 即需加上。

●編輯書籍的其中一章

作者（年代）。章名。載於編者（編），**書名**（xx-xx 頁）。出版商名稱。

範例：

林巧瑋、方志華（2016）。新世代幼兒的創造性戲劇教學探究。載於張芬芬、方志華（編），**面對新世代的課程實踐**（3-29 頁）。五南。

蔡清華、鄭勝耀、侯雅雯（2014）。美國教育。載於楊深坑、王秋絨、李奉儒、鄭勝耀（編），**比較與國際教育**（第四版，93-134 頁）。高等教育。https://doi.org/10.3966/9789575112257

【說明：引用編輯書籍中的某一章時，必須註明該章的頁碼；若書籍出自於電子書，則參考文獻自作者至出版商之寫法相同，之後則需加上該電子書的網址。】

●非以中文撰寫出版的編輯書籍其中一章

作者（年代）。章名〔加中譯章名〕。載於編者（編），**書名**（xx-xx 頁）。出版商名稱。

範例：

佐藤晴雄（2011）。「新しい公共」型学校のあり方〔「新公共」型學校的定位〕。載於小松郁夫（編），**「新しい公共」型学校づくり**（50-68頁）。ぎょうせい。

유재봉（2016）。교육의 개념적 기초〔教育的概念基礎〕。載於 성태제、강대중、강이철、곽덕주、김계현、김천기、김혜숙、송해덕、유재봉、이윤미、이윤식、임웅、홍후조（編），**최신 교육학개론**（第二版，14-49頁）。학지사。

【說明：引用非以中文撰寫出版的編輯書籍其中一章，需在該章處加註中譯章名。】

●翻譯為中文的編輯書籍其中一章

作者（年代）。章名（譯者譯）。載於編者（編），**書名**（xx-xx 頁）。出版商名稱。（原著出版年：年代）

範例：

Leithwood, K., & Day, C.（2009）。建構與支持卓越的校長領導：關鍵的主題（謝傳崇譯）。載於 C. Day、K. Leithwood（編），**變革時代卓越的校長領導：國際觀點**（227-250 頁）。心理。（原著出版年：2007）

【說明：原著出版年和年代間，需置入冒號；內文引註時，需寫為（作者姓名，年代／原著出版年）或作者姓名（年代／原著出版年）。】

●編輯書籍的其中一章，但該章轉載自期刊之文章

作者（年代）。章名。載於編者姓名（編），**書名**（xx-xx 頁）。出版商名稱。（轉載於「期刊文章名稱」，年代，**期刊名稱，卷**（期）別，xx-xx，DOI）

範例：

王淑珍、林雍智（2019）。教師領導的實踐與發展：從教師同僚性談起。載於高等教育文化（編），**教師專業發展與教師領導**（64-89 頁）。高等教育。（轉載於「教師領導的實踐與發展：從教師同僚性談起」，2015，**教育研究月刊，256**，70-88，http://doi.org/d2nr）

【說明：文章名之呈現上，應呈現兩次，含轉載後之文章名與刊登在原始期刊之文章名。就算文章名相同，兩者皆應呈現；內文的引用時，需寫為（作者姓名，期刊刊登年代／轉載書籍後年代）或作者姓名（期刊刊登年代／轉載書籍後年代），例如上述範例的引用，就應該寫為：（王淑珍、林雍智，2015/2019）或王淑珍、林雍智（2015/2019）。】

● 編輯書籍的其中一章，但該章轉載自其他的書籍

作者（年代）。章名。載於編者（編），**書名**（xx-xx 頁）。出版商名稱。（轉載於**書名**，xx-xx 頁，載於編者（編），年代，出版商名稱）

【說明：內文的引用上，需寫為（作者姓名，原書刊登年代／轉載書籍後年代）或作者姓名（期刊刊登年代／轉載書籍後年代）。】

● 出自於多卷、系列、叢書作品之其中一卷的其中一章

作者（年代）。章名。載於編者（編），**書名：第 x 卷，卷的主題**（版本，xx-xx 頁）。出版商名稱。DOI

範例：

曾世杰（1996）。閱讀障礙：研究方法簡介。載於曾進興（編），**語言病理學基礎：第二卷**（327-370 頁）。心理。

紅林伸幸（2002）。教員社会と教師文化：同僚性規範の変質のなかで〔教員社會與教師文化：同僚性規範的變質中〕。載於日本教師教育学会（編），**講座教師教育学：第 3 卷，教師として生きる**（95-112 頁）。学文社。

【說明：由於中文教育學門之編輯書籍以多卷（系列）出版的案例較少，因此

範例中以日本紅林伸幸的書籍做為例示。由於該書為非以中文出版的專書，因此章名需要以方括號加註中譯之章名。】

●選集的其中一項（章）作品

作者（年代）。作品名（章名）。載於編者（編），**選集書名**（xx-xx頁）。出版商名稱。

範例：

王詠虹（2012）。醜小鴨的婚禮。載於林婷婷、劉慧琴、王詠虹（編），**芳草萋萋：世界華文女作家選集**（396-405頁）。臺灣商務印書館。

●在辭典、詞庫或百科全書中的某一部分作品

個別作者或團體作者（年代）。作品名。載於**〇〇辭典／詞庫／百科全書**（版本年代）。出版商名稱。URL

範例：

梁嘉彬（1983）。鬼谷子。載於**中華百科全書**（1983年版本）。中國文化大學。http://ap6.pccu.edu.tw/Encyclopedia/

吳美雲（編）（1985）。十二月的故事：未來。載於**漢聲小百科**。英文漢聲。

【說明：若引用的網路辭典屬於經常更新的狀態，可在「年代」處寫上「無日期」，再於出處加上引用之日期。若引用的資料為辭典、詞庫或百科全書中的某一部分作品，且該作品有個別作者，或該辭典、詞庫或百科全書有編者、亦有出版單位的話，就需列出。】

●參閱維基百科的某一個關鍵詞

關鍵詞（年月日）。載於**維基百科**。URL

範例：

國民幸福總值（2020，1月27日）。載於**維基百科**。https://zh.wikipedia.org/zh-tw/國民幸福總值

【說明：引用之正確日期，應根據維基百科更新該關鍵字之版本日期而定。各

版本之變遷與制定日期，在維基百科的網頁中右上方的「檢視歷史」欄位中；內文引註應寫為：（「國民幸福總值」，2020）或「國民幸福總值」（2020）……】

四、英文編輯書籍之書中章節（條目）格式

英文編輯書籍之書中章節的參考文獻撰寫格式原則，整理於表 4-5 中，以下為各類英文編輯書籍之書中章節的格式說明與參考範例。

表 4-5

英文編輯書籍之書中章節（條目）參考文獻格式原則

作者	年代／日期	題目	來源	
			出版商資訊	DOI 或 URL
Author, A. A., & Author, B. B. 或 Name of Group	(Year)	Title of chapter	In C. C. Editor (Ed.), *Title of book* (page). Publisher Name. 或 In C. C. Editor & D. D. Editor (Eds.), *Title of books* (edition., Vol, page). Publisher Name.	https://doi.org/... 或 https://...

註：來源處若有 DOI 或 URL，即需加上。

● 編輯書籍的其中一章

Author, A, A. (Year). Title of chapter. In E. E. Editor (Ed.), *Title of book* (Version, x, pp. xx-xx). Publisher Name. DOI

範例：

Garcia, D. R. (2010). Charter schools challenging traditional notions of segregation. In C. A. Lubeinski & P. C. Weitzel (Eds.), *The charter school experiment: Expectations, evidence and implication* (pp. 33-49). Harvard Education Press.

● 非以英文撰寫出版的編輯書籍其中一章

Author, A. A. (Year). Title of chapter [translation into English]. In E. E. Editor (Ed.), *Title of book* (pp. xx-xx). Publisher Name.

範例：

Solano, C. M., Muñoz, M. L. A., & Alonso, R. E. R. (2019). La innovación educativa en el contexto de la educación superior técnico-profesional [Educational innovation in the context of education technical-professional superior]. In C. A. Acevede Cossio, M. L. Arancibia Muñoz, & L. Espinoza Pastén (Eds.), *Innovacion educativa en contextos inclusivos de dducacion superior* (pp. 9-24). Ediciones Octaedro. https://octaedro.com/wp-content/uploads/2020/01/16183-Innovacion-educativa.pdf

● 翻譯為英文的編輯書籍其中一章

Author, A. A. (Year). Title of chapter (T. T, Trans.). In E. E. Editor (Ed.), *Title of book* (pp. xx-xx). Publisher Name. (Original work published year)

● 編輯書籍的其中一章，但該章轉載自期刊之文章

Author, A. A. (Year). Title of chapter. In E. E. Editor (Ed.), *Title of book* (pp. xx-xx). Publisher Name. (Reprinted from "Title of article," Year, *Title of periodical, xx*(xx), xx-xx, DOI)

【說明：在編輯書籍及期刊名稱與卷次上均需以斜體字呈現。】

● 編輯書籍的其中一章，但該章轉載自其他的書籍

Author, A. A. (Year). Title of chapter. In E. E. Editor (Ed.), *Title of book* (pp. xx-xx). Publisher Name. (Reprinted from *Title of book,* pp. xx-xx by E. E. Editor, Ed., Year, Publisher Name)

【說明：內文的引用上，需寫為（Author，原書刊登年代／轉載書籍後年代）或 Author（期刊刊登年代／轉載書籍後年代）。】

● 出自於多卷、系列、叢書作品之其中一卷的其中一章

Author, A. A. (Year). Title of chapter. In E. E. Editor (Ed.), *Title of book: Vol.x. Title of Series* (x th ed., pp. xx-xx). Publisher Name.

範例：

Callahan, C. M. (Ed.) (2004). Asking the right questions: The central issue in evaluating programs for the gifted and talented. In C. M. Callahan (Ed.), *Essential readings in gifted education series Vol. 11. Program evaluation in gifted education* (pp. 1-12). Sage.

【說明：系列作品的總編輯姓名不需寫進參考文獻中。只需寫該卷的編者姓名即可。】

● 選集的其中一項（章）作品

Author, A. A. (Year). Title of chapter. In E. E. Editor (Ed.), *Title of book* (pp. xx-xx). Publisher Name. DOI. (Original work published year)

範例：

Dewey, J. (2007). Education for labor and leisure. In R. R. Curren (Ed.), *Philosophy of education* (pp. 89-94). Wiley-Blackwell.

● 在辭典、詞庫或百科全書中的某一部分作品

Author, A. A. (Year). Title of work. In E. E. Editor (Ed.), *Dictionary Name*. Publisher Name. URL 或

Group Name (n.d.). *Title of work.* In dictional/thesaurus/encyclopedia name. Retrieved Month Day, Year, from URL

範例：

Franklin, C., Webb, L., & Szlyk, H. (2017). Alternative education. In National Association of Social Workers Press and Oxford University Press (Eds.), *Encyclopedia of social work.* Oxford University Press. https://oxfordre.com/socialwork/view/10.1093/acrefore/9780199975839.001.0001/acrefore-9780199975839-e-1228?rskey=lTeS01

● 參閱維基百科的某一個關鍵詞

Keyword. (Year, Month Day). In *Wikipedia.* https://en.wikipedia.org/xxxxx

範例：

Sustainable development goals. (2020, June 21). In *Wikipedia.* https://en.wikipedia.org/wiki/Sustainable_Development_Goals

【說明：引用之正確日期，應根據維基百科更新該關鍵字之版本日期而定。各版本之變遷與制定日期，在維基百科的英文網頁中右上方的「View history」欄位中；內文中的引用方式，應寫為 ("keyword," Year) 或 "Keyword" (Year).】

參、會議報告類

在各種會議中提出的報告或發表的文章，於引用及撰寫參考文獻時，也有特別的格式。此處的「各種會議」形式非常多樣，包含了「報告發表」（paper presentation）、「海報發表」（poster presentation）、「專（主）題演講」的發表、對研討會的引言及評論等。因此，根據 APA 格式第七版之規定，在參考文獻的撰寫上，首先需在文章名稱後面，以方括號說明會議的形式（如研討會、論壇、分科會等）。第二，文章的作者，不管在該會議中是否有上臺報告，均需列出。第三，「日期」部分則應根據會議整個召開期間（而非該文章發表的日期）。第四，會議的名稱應列出。第五，為了讓讀者能找到該場會議，因此會議舉辦的地點除都市名外也需加列國名（美國為都市名及州名縮寫；美國以外的國家為都市名及國名）。以下，分中文及英文部分，介紹本類之參考文獻撰寫格式。

一、中文各種會議報告或發表格式

中文各種會議報告或發表等文獻的格式原則，整理於表 4-6 中。另列出在有主持人的專題會議（研討會）的引言或評論之文獻的格式原則於表 4-7，以下為中文各種會議報告格式說明與參考範例。

表 4-6

中文各種會議報告或發表等文章格式原則

作者	日期	題目	來源	
			會議資訊	DOI 或 URL
發表者姓名或發表者 1、發表者 2	（年月日）	**發表文章名**〔發表形式〕	會議名稱，會議召開地點	https://doi.org/... 或 https://...

註：來源處若有 DOI 或 URL，即需加上。

表 4-7

中文專題研討會文章格式原則

作者	日期	題目	來源	
			會議資訊	DOI 或 URL
發表者姓名或發表者 1、發表者 2	（年月日）	發表文章名	載於主持人姓名（主持人），**研討會名稱**〔研討會〕，總會議名稱，總會議召開地點	https://doi.org/... 或 https://...

註：來源處若有 DOI 或 URL，即需加上。

● 於大會的一個場次（分科會）發表的文章／演說

發表者（年月日／會議召開的期間）。**文章名稱**〔發表形式〕。會議名稱，會議地點（都市名及國名）。URL

範例：

吳清山（2017，4 月 16 日）。**台湾における小中学校校長育成体系の構築と実践**〔臺灣國民中小學校長培育系統之建構與實踐〕〔主題演講〕。岐阜大學教職大學院日本台灣教育研究交流大會，岐阜縣，日本。

【說明：本文獻在內文中的引用方式為吳清山（2017）或（吳清山，2017）。】

● 於會議發表的論文

發表者（年月日／會議召開的期間）。**文章名稱**〔論文發表〕。會議名稱，會議地點（都市名及國名）。URL

範例：

林雍智（2016，10 月 14-15 日）。**台灣推動實驗教育的做法與經驗**〔論文發表〕。2016 兩岸城市教育論壇，臺北市，臺灣。

● 於會議做海報／壁報發表的論文

發表者（年月日／會議召開的期間）。**文章名稱**〔海報發表〕。會議名稱，會議地點（都市名及國名）。URL

範例：

李蕙卉（2018，7 月 23 日）。**木作玩具與遊戲場規劃**〔海報發表〕。歡喜生、快樂養、2018 年幼托公共化的創新與實踐研討會，新北市，臺灣。

● 於有專題主持人的研討會／論壇發表的文章

發表者（年月日／會議召開的期間）。文章名稱。載於主持人姓名（主持人），**研討會名稱**〔研討會〕。總會議名稱，總會議召開地點（都市名加國名）。

範例：

加藤幸次（2018，12 月 7-8 日）。從個別化、個性化談自主學習的本質。載於黃世孟（主持人），**日本自主學習的緣起**〔研討會〕。2018 年開放教育國際學術研討會，臺北市，臺灣。

二、英文各種會議報告或發表格式

英文各種會議報告或發表之參考文獻撰寫格式原則，整理於表 4-8，有主持人的專題會議（研討會）的引言或評論之文獻的格式原則列於表 4-9 中，以下為英文各種會議報告或發表格式說明與參考範例。

表 4-8

英文各種會議報告或發表等文章格式原則

作者	日期	題目	來源	
			會議資訊	DOI 或 URL
Presenter, A. A., & Presenter, B. B.	(Year, Month Day)	*Title of contribution* [Type of contribution]	Conference Name, Location.	https://doi.org/... 或 https://...

註：來源處若有 DOI 或 URL，即需加上。

表 4-9

英文專題研討會文章格式原則

作者	日期	題目	來源	
			會議資訊	DOI 或 URL
Contributor, A. A., & Contributor, B. B.	(Year, Month Day)	*Title of contribution*	In C. C. Chairperson (Chair), Title of symposium [Symposium]. Conference Name, Location.	https://doi.org/... 或 https://...

註：來源處若有 DOI 或 URL，即需加上。

●於大會的一個場次（分科會）發表的文章／演說

Presenter, A. A. (Year, Month Day). *Title of contribution* [Type of contribution]. Conference Name, Location. URL

範例：

Lin, Yung-Chih, Chen, Wei-An, & Hu, Ting-Rui. (2019, July 9-12). *An innovative model of collaborating public elementary schools with toy library service: Efforts of toy librarians in Taiwan* [Conference session]. 15th Conference of International Toy Library Association, Johannesburg, South Africa.

● 於會議發表的論文

Presenter, A. A. (Year, Month Day). *Title of contribution* [Paper presentation]. Conference Name, Location. URL

範例：

Hung, Yung-Shan. (2017, August 7-11). *Aesthetic education matters: The discourses and experimental projects in Taiwan* [Paper presentation]. International Society for Education through Art 35th World Congress, Daegu, South Korea.

● 於會議做海報／壁報發表的論文

Presenter, A. A. (Year, Month Day). *Title of contribution* [Poster presentation]. Conference Name, Location. URL

範例：

Wu, Yi-Jung, Li, Benjamin Yuet-Man, & Wu, Yi-Jhen. (2019, September 3-6). *Explore how school and student-level factors influence students' mathematics performance: Using 2012 PISA Hong Kong sample* [Poster presentation]. European Conference on Educational Research 2019, Hamburg, Germany.

● 於有專題主持人的研討會／論壇發表的文章

Presenter, A. A. (Year, Month Day). Title of contribution. In C. C. Chairperson & D. D. Chairperson (Chairs), *Title of symposium* [Symposium]. Conference Name, Location.

範例：

Sibambo, M. (2019, July 9-13). Toy library in a book library: A public and private partnership. In M. Stach (Chair), *Plenary 4: Toy library in the book library, hospital and school* [Symposium]. 15th International Toy Library Conference, South Africa.

肆、學位論文類

學位論文包含博士論文、碩士論文，以及大學生寫的畢業論文三種類，三種類的參考文獻撰寫方式基本上相同。在學位論文格式中最大的差異僅在該論文是否為「公開出版」之論文而已。未出版的學位論文，一定要是可以在大學、學院系所可以找到的紙本論文（學位論文大都規定要提交數本至大學，才算完成申請學位之程序），而已出版的論文，也需要加上可以找到該論文的資料庫等來源。因此，未出版的論文要寫出大學名稱；已出版的論文則要將大學名稱寫在括號之內。

一、中文學位論文格式

中文學位論文格式，如表 4-10 與表 4-11 所示。表 4-10 是未出版之學位論文的格式原則；表 4-11 為已出版學位論文的格式原則。

表 4-10

未出版中文學位論文的格式原則

作者	年代	題目	來源
作者姓名	（年代）	**論文題目**〔未出版之博士論文〕	學位授予機構名稱
		論文題目〔未出版之碩士論文〕	
		論文題目〔未出版之畢業論文〕	

表 4-11

已出版中文學位論文的格式原則

作者	年代	題目	來源	
			資料庫或保存處	URL
作者姓名	（年代）	**論文題目**〔博士論文，大學或學位授予機構名稱〕	資料庫名稱或保存場所名稱	https://...
		論文題目〔碩士論文，大學或學位授予機構名稱〕		

● 未出版之學位論文

作者（年代）。**論文題目**〔未出版之〇〇學位論文〕。大學或學位授予機構名稱。

範例：

葉芷嫻（2000）。**國民教育階段九年一貫課程政策執行研究：國民中小學教育人員觀點之分析**〔未出版之碩士論文〕。臺北市立師範學院。

● 刊載於資料庫中的學位論文

作者（年代）。**論文題目**（資料庫編號）〔〇〇學位論文，大學或學位授予機構名稱〕。資料庫名稱。

範例：

邢小萍（2011）。**國小教師國語文專業增能課程之設計及實施研究：教學實踐取向**（系統編號：099NTPTC576182）〔博士論文，國立臺北教育大學〕。臺灣博碩士論文知識加值系統。

● 線上（網路上）發表之學位論文（未刊載於資料庫中）

作者（年代）。**論文題目**〔〇〇學位論文，大學或學位授予機構名稱〕。線上網站名稱。URL

範例：

王雅奇（2014）。**表達性藝術暨才能發展課程對自閉症繪畫能力優異青年社會互動與焦慮行為之影響**〔博士論文，國立臺灣師範大學〕。國立臺灣師範大學博碩士論文系統。http://rportal.lib.ntnu.edu.tw/bitstream/20.500.12235/91929/1/n089409006901.pdf

二、英文學位論文格式

未出版與已出版的英文學位論文參考文獻格式原則，如表 4-12 與表 4-13 所示。

表 4-12

未出版英文學位論文的格式原則

作者	年代	題目	來源
Author, A. A.	(Year)	*Title of dissertation* [Unpublished doctoral dissertation].	Name of Institution Awarding the Degree
		Title of thesis [Unpublished master's thesis].	

表 4-13

已出版英文學位論文的格式原則

作者	年代	題目	來源	
			資料庫或保存處	URL
Author, A. A.	(Year)	*Title of dissertation* [Doctoral dissertation, Name of Institution Awarding the Degree].	Database Name. 或 Archive Name.	https://...
		Title of thesis [Master's thesis, Name of Institution Awarding the Degree].		

- 未出版之學位論文

Author, A. A. (Year). *Title of dissertation/thesis* [Unpublished doctoral dissertation/master's thesis]. Name of Institution Awarding the Degree.

範例：

Nkadi, F. M. (2013). *The relationship between leadership styles and the ethical leadership behaviors of public school administrators* [Unpublished doctoral dissertation]. Capella University.

- 刊載於資料庫中的學位論文

Author, A. A. (Year). *Title of dissertation/thesis* (Publication No. xxxxxx) [Doctoral dissertation/Master's thesis, Name of Institution Awarding the Degree]. Database Name.

範例：

Redman, S. F. (2015). *Self-efficacy and teacher retention: Perception of novice teachers on job preparation, job support, and job satisfaction* (Publication No. 3739993) [Doctoral dissertation, East Tennessee State University]. ProQuest Dissertations and Theses A&I.

- 線上（網路上）發表之學位論文（未刊載於資料庫中）

Author, A. A. (Year). *Title of dissertation/thesis* [Doctoral dissertation/Master's thesis, Name of Institution Awarding the Degree]. Database Name. URL

範例：

Horta, L. (2019). *Exploring clinical psychology doctoral students' knowledge and attitudes about older adult sexuality* [Doctoral dissertation, The School of Nursing and Health Professions, University of San Francisco]. Scholarship Repository. https://repository.usfca.edu/cgi/viewcontent.cgi?article=1503&context=diss

伍、評論類

評論類的文章是一個來源及撰文類型十分廣泛的文章。就評論的來源來說，可以評論期刊、書籍、電視節目、電影、廣播劇等，撰文的類型也可以成為期刊、書籍、雜誌、報紙、新聞、網站、社群媒體等。因此，在撰寫參考文獻時，要注意到所使用的整個參考文獻格式必須和該評論撰文類型的格式一致，其次，在題目之後，也要加入該評論的來源。然而，由於中文和英文文法結構差異，因此寫法有些不同，在撰寫時應注意之。表 4-14 為中英文評論類文獻的格式原則。

表 4-14

中英文評論類文獻的格式原則

作者	日期	題目		來源	
		評論主題	評論來源	期刊等資訊	DOI 或 URL
評論者姓名	（年代）或（年月日）	文章名稱	〔評論+**原書名**，作者姓名+著〕。	**期刊等名稱，卷**（期），頁碼。或媒體名稱	https://doi.org/... 或 https://...
Reviewer, A. A.	(Year) 或 (Year, Month Day)	Title of review	[Review of the book *Book title*, by A. A. Author]. 或 [Review of the video *Video title*, by D. D. Director, Dir.].	*Periodical Title, Vol.* (No.), Page. 或 *Media Title.*	https://doi.org/... 或 https://...

註：來源處若有 DOI 或 URL，即需加上。

一、發表於期刊中之評論

中文：評論者姓名（年代）。文章名稱〔評論＋**原書名**，原作者著〕。**期刊名稱，卷**（期），頁碼。DOI

英文：Reviewer, A. A. (Year). Title of review [Review of the book + *Book title*, by A. A. Author]. *Periodical Title, xx*(xx), xx-xx. DOI

範例：

林雍智（2017）。證據本位導向的學力經濟學〔評論**学力の経済学**，中室牧子著〕。**教育行政與評鑑學刊，21**，99-108。

Delapa, T. (2020). Bool review [Review of the book *Going viral: Zombies, viruses, and the end of the world,* by D. Schweitzer]. *Journal of Film and video, 72*(1-2), 105-107.

【說明：發表於期刊中的評論，主題可為評論書籍或電影等題材。】

二、發表於報紙中之書評

中文：評論者姓名（年月日）。文章名稱〔評論＋**原書名**，原作者著〕。**報紙名稱**。URL

英文：Reviewer, A. A. (Year, Month Day). Title of review [Review of the book *Book title*, by A. A. Author]. *Newspaper Name*. DOI

範例：

陳立樵（2018，2月10日）。書評：土耳其化的伊斯蘭〔評論**土耳其化的伊斯蘭**，A. T. Kuru、A. Stepan 編，林佑柔譯〕。**自由時報**。https://talk.ltn.com.tw/article/breakingnews/2338881

Kiernan, D. (2020, July 28). Forgotten town at the center of the Manhattan Project [Review of the book *The apocalypse factory: Plutonium and the making of the atomic age,* by S. Olson]. *The New York Times.* https://www.nytimes.com/2020/07/28/books/review/the-apocalypse-factory-steve-olson.html

陸、未出版或非正式出版的作品

未出版或非正式出版的作品包括手稿、已接受但尚未排版、未出版、已先刊登在網路上正待排期正式列入期刊中、非正式出版但可以檢索到的文獻（例如 ERIC 等）。此類作品的文獻年代，應該寫作品完成的年代，而非提交、投稿或是等待出版的年代。如果此類作品已有 DOI，也需加入。表 4-15 為中英文未出版或非正式出版文獻的格式原則。

表 4-15

中英文未出版或非正式出版文獻的格式原則

作者	年代／日期	題目	來源	
			出版商資訊	URL
作者姓名	（年代）	**作品名稱**〔未出版之手稿〕或 **作品名稱**〔準備中〕或 **作品名稱**〔出版中〕	系所名稱，大學名稱或 資料庫名稱	https://...
Author, A. A., & Author, B. B.	(Year)	*Title of the work* [Unpublished manuscript].	Department Name, University Name. 或 Database Name	https://...

一、未出版之手稿（手稿若有刊登於網路上，需加上網址）

中文：作者（年代）。**作品名稱**〔未出版之手稿〕。系所名稱，大學名稱。

英文：Author, A. A. (Year). *Title of the work* [Unpublished manuscript]. Department Name, University Name.

範例：

林雍智、吳清山（2013）。**學校治理模式的形成探析：教育的新公共性觀點**〔未出版之手稿〕。教育行政與評鑑研究所，臺北市立大學。

Lin, Y. -C. (2019). *A study on the characteristics of primary school principals' necessary professional competency: A Comparative case of Japan and Taiwan* [Unpublished manuscript]. Graduate School of Education, Gifu University.

【說明：準備中的手稿與出版中的手稿撰寫格式同未出版之手稿。】

二、非正式出版的作品（必須為刊載於學術資料庫或網路上）

中文：作者（年代）。**作品名稱**。資料庫或網路名稱。DOI 或 URL

英文：Author, A. A. (Year). *Title of the work.* Repository Name. URL or DOI

【說明：本類參考文獻可能是未經同儕審查，或是已完成同儕審查、正等待正式刊登之資料，其文獻格式與書籍類相似。】

柒、資料檔、軟體、測量工具、測驗、儀器設備與行動電話應用軟體（APP）類

本類文獻包含資料檔、電腦軟體、APP、測驗、量表等文獻的格式。資料檔在引用上，係為了讓前人的資料可以做為研究上的重點部分，或是為了對前人建立這個資料檔之貢獻進行感謝。使用上，可能是在分析次級資料時所引用，也可能是寫作者第一次使用自己之前所建立的資料所進行的引用。其次，在撰寫學術文章上，若使用到常用的電腦軟體，例如作業系統、文書軟體（例如：Microsoft Word、Excel、PowerPoint）或是智慧型手機的應用程式（例如：Facebook、Instagram、Twitter），編輯軟體（例如 Adobe 系列軟體），或統計軟體（例如：SAS、SPSS、R）等，只需要在內文中提及即可，不必在參考文獻處引用。再者，引用測驗或量

表的目的，在於為學術文章的內文所使用的測驗或量表提供文獻來源上的佐證。以下，列舉數個案例，說明本類文獻中格式原則。

一、資料檔（含未出版之原始數據）

中文：作者（年代）。**資料檔名稱**〔資料檔〕。資料庫或出版商名稱。DOI 或 URL。或

作者（年代）。**資料檔名稱**〔未出版原始資料〕。大學名稱。

英文：Author, A. A. (Year). *Title of data set* (Version x) [Data set]. Publisher Name. DOI 或 URL 或

Author, A. A. (Year). *Title of unpublished data* [Unpublished raw data]. University Name.

二、電腦軟體

中文：作者（年代）。**軟體名稱**（版本）〔電腦軟體〕。出版商名稱。URL

英文：Author, A. A. (Year). *Title of software* (Version x.x) [Computer software]. Publisher Name. URL

範例：

自治医科大学（2020）。**EZR**（1.51 版）〔電腦軟體〕。自治医科大学附属さいたま医療センター。http://www.jichi.ac.jp/saitama-sct/SaitamaHP.files/manual.html

三、智慧型行動電話的應用程式（APP）

中文：作者（年代）。**軟體名稱**（版本）〔電腦軟體〕。出版商名稱（可為 App Store 或 Google Play Store）。URL

英文：Author, A. A. (Year). *Title of software* (version x.x) [Computer software]. Publisher Name. URL

範例：

臺北市立大學教育行政與評鑑研究所（2020）。**智慧觀議課**（1.50 版）〔智慧型手機應用程式〕。App Store。https://apps.apple.com/tw/app/智慧觀議課/id1043019110

四、測驗、量表

● 測驗、量表

中文：作者（年代）。**測驗或量表名稱。**出版商。URL

英文：Author, A. A. (Year). *Title of test or scale.* Publisher Name. URL

範例：

Wechsler, D.（2018）。**魏氏兒童智力量表第五版（WISC-V）中文版**〔陳心怡等人譯〕。中國行為科學社。

【說明：通常在引用測驗或量表時，應先引用其指導手冊。僅在無法拿到該測驗指導手冊時，才引用測驗本身。】

● 測驗、量表的指導手冊

中文：作者（年代）。**測驗或量表名稱：指導手冊。**出版商名稱。

英文：Author, A. A. (Year). *Title of test or scale: Manual.* Publisher Name. URL

範例：

孟瑛如、陳雅萍、田仲閔、黃姿慎、簡吟文、彭文松、周文聿、郭虹伶（2020）。**學前幼兒認知發展診斷測驗（CDDAP）：指導手冊。**心理。

捌、法規類

法規類指的是法律、條例、辦法、章程、判例、法庭證詞、命令、國際公約等與法規相關的參考文獻格式。法規類的文獻格式無論是在我國或美國都有自己特定的引用格式，且此格式和 APA 格式之規定有所不同。例如相對於採「作者—日期」系統的 APA 格式，法規類文獻重視其來源和日期；內文中的引用，法規類文獻重視法規名稱與年代；至於文獻的版本上，APA 格式喜好引用當前的版本，而法規類文獻則強調根據文章所討論的版本進行引用。也因為兩者的差異甚大，因此 APA 格式在引用法規類文獻時，仍然按照美國的標準法規引用格式之規定進行引用。

不過，《APA 出版手冊第七版》中所列舉法規類參考文獻之案例，僅涵蓋美國與聯合國的案例，包含美國的法院文件（例如：聯邦法院、州法院、高等法院等）、法規（例如：聯邦和州的 Laws 和 Acts）、法律文件（例如：聯邦的證詞、聽證會、國會議決案）、行政規章（例如：聯邦和州政府的行政規則）、憲法與憲章與聯合國等國際機構的國際公約。由於美國的法規類的標準引用格式中，特別有針對美國法規的編號、收錄章節等特性設計應引用之元件，該機制與我國法規分類並不一致，因此在引用我國法規上可能會產生困難。也就是說，教育學門的論文寫作上如何正確引用我國的法規類文獻，仍需回到國內法律學門對相關法規文獻的引用格式上，再參考 APA 格式的精神，才能做最適切之引用。

當然，在引用法規類文獻上，英文部分仍需參考 APA 格式之範例引用，且在文章中的引用格式仍須有一致性。為使寫作者基本瞭解本類文獻的引用方式，以下分別列舉數個中文與英文的法規類文獻案例，說明本類文獻之格式原則。

一、中文法規類文獻格式

●法院判例格式（註：判例已於 2018 年經立法取消）

裁判案由，裁判字號（民國年月日）。URL

範例：

違反著作權法，智慧財產法院 98 年度重附民上字第 3 號刑事判決（民國 99 年 12 月 27 日）。https://law.judicial.gov.tw/FINT/data.aspx?ty=J&id=P%2c98%2c 重附民上 %2c3%2c001

● 法律格式

格式 1：法律名稱（公布日期）。URL

範例：

教師法（民國 108 年 6 月 5 日）修正公布。https://law.moj.gov.tw/LawClass/LawAll.aspx?pcode=H0020040

【說明：若有參考網址，可以加上。】

格式 2：法律名稱，法律編號。

範例：

学校教育法（昭和 22 年法律第 26 号）（1947 年 3 月 31 日）。

【說明：此為日本《學校教育法》之案例，因日本也有對已公布的法律設定編號，因此也可列出其法律編號與公布日期，若引用修訂版本，則日期應列出修訂公布之日期。】

● 行政規章格式

規章名稱（發布日期）。

範例：

外國學生來臺就學辦法（民國 106 年 9 月 8 日）修正公布。

原住民族教育政策會設置要點（民國 108 年 12 月 31 日）。

● 專利格式

申請人（年）。**專利編號**。專利授予單位。

範例：

英屬開曼群島商睿能創意公司（2019）。**專利編號 D205932**。經濟部智慧財產局。

【說明：此為 2019 年發售的 GOGORO Viva 機車專利。】

二、英文法規類文獻格式

● （最高、地方）法院判例格式

Name v. Name, Volume Source Page (Year). URL

範例 1：

Lucky Brand Dungarees, Inc. v. Marcel Fashions Group, Inc., 898 F.3d 232 (2019). https://www.supremecourt.gov/qp/18-01086qp.pdf

【說明：文獻中的 898 F.3d 232 代表該判例存在於聯邦法院（F）報告中的第三系列第 898 卷的 232 頁。】

範例 2：

Ramos v. Louisiana, 590 U. S. ___ (2020). https://www.supremecourt.gov/qp/19-05807qp.pdf

【說明：此為一種沒有列出報告書頁碼的最高法院判例。文獻中的 590 U. S. 代表在 2020 年度 United States Reports 的第 590 卷。】

● 法律格式

在引用美國的法律格式時，需注意到法律（Law 或 Act）一定是由聯邦和州級（立法主體）所通過的法律。聯邦的法律會被出版於「United States Code」（U.S.C.）也就是「美國法典」中，在法典中，設有各「section」進行分類（共 52 卷），section 在美國法典中稱為 titles。因此在引用上，需要註明該法律的 U.S.C.。不過，若法律同時分布於各 U.S.C. 的類別中，則需以「public law number」（公開法律號碼）取代之。

格式 1：Name of Act, Title Source § Section Number (Year). URL

範例：

Every Student Succeeds Act, 20 U.S.C. § 6301 et seq. (2015). https://www.congress.gov/114/plaws/publ95/PLAW-114publ95.pdf

【說明：此為《每個孩子皆成功法》，其載於 U.S.C. 中的第 20 卷 6301 號部分，文獻中的「et seq.」為拉丁文縮寫，代表「及其以下」之意（該法也有法律編號：Pub. L. No. 114-95, 129 Stat. 1802）。】

格式 2：Name of Act, Pub. L. No. xx-xx, xx Stat. xxx (Year). URL

範例：

Taiwan Relations Act, Pub. L. No. 96-8, 93 Stat. 14 (1979). https://www.govinfo.gov/content/pkg/STATUTE-93/pdf/STATUTE-93-Pg14.pdf

【說明：此為 1979 年通過的《臺灣關係法》。該文獻中的「Pub. L. No. 96-8」代表其為美國法律編號的 96-8 法律；「93 Stat. 14」則指該法律保管於「United States Statutes at Large（Stat.）」的第 93 卷第 14 頁。United States Statutes at Large（美國法律總匯）是以編年體方式，將美國對國會立法通過之法案進行彙整的正式紀錄，這些編入總匯的法律，最後會再編入美國法典中。】

● 憲法格式

格式 1《憲法條文》：U.S. Const. art. xxx, § x.

範例：

U.S. Const. art. II, § 3.

【說明：此為美國《憲法》第 2 條第 3 款，有關於總統職責的相關規定。美國憲法的條次應使用羅馬字呈現。】

格式 2《憲法修正案》：U.S. Const. amend. xxx.

範例：

U.S. Const. amend. II.

【說明：此為美國《憲法》第二修正案，旨在保障人民持有和攜帶武器的權利。】

● 國際條約和公約格式

Name of treaty or Convention, Month Day, Year, URL

範例 1：

United Nations Convention on the Rights of Children, November 20, 1989, https://www.ohchr.org/Documents/Professional Interest/crc.pdf

【說明：此為聯合國通過的《兒童權利公約》。】

範例 2：

Kyoto Protocol, United Nations Framework Convention on Climate Change, December 11, 1997.

【說明：此為《京都議定書》，係為《聯合國氣候變化綱要公約》的補充條款，屬於國際公約。】

玖、影音媒體類

隨著科技的進步以及網路的快速發展，影音媒體類的種類已變得相當多元。歸納來說，影音媒體類可包含一般「影像」與「聲音」媒體與線上（網路）媒體兩大種類，但兩種類間的界線，也隨著網路與載具的普及與發展變得越來越模糊。

一般影音媒體包含電影、電視節目、TED 節目、錄影檔、地圖、照片、PowerPoint 投影片、博物館藝術作品、Podcast（以上為影像形態）、錄音檔、音樂專輯、單曲、Podcast、廣播節目等（以上為聲音形態）。

線上媒體則指網路社群媒體及網站兩種。目前較熱門的網路社群媒體有 Tweet（在推特上發表的小短文）、Twitter（推特）、Facebook（臉書）、Instagram（IG）以及網站和網頁等。

一、中文一般影音文獻

表 4-16 和表 4-17 所示資料，為中文影音媒體類參考文獻之格式原則，由於影音文獻的形式眾多，以下僅列舉數項較常在教育學門文獻中引用之種類。

表 4-16

中文影音媒體類參考文獻的格式原則（單獨存在）

作者	年代	題目	來源	
			出版商資訊	URL
作者或 導演或 製作者或 上傳者或 網紅	（年代）或 （年代＋發表）或 （起迄年代） 或 （年月日）	**作品名稱**〔媒體項目〕	發行公司名稱。 或 標籤。或 博物館名稱，博物館地點。或 部門名稱，大學名稱。	https://...

表 4-17

中文影音媒體類參考文獻的格式原則（全體計畫或演出的一部分）

作者	年代	題目	來源	
			出版商資訊	URL
作者或 導演或 製作者或 上傳者或 網紅等	（年代）或 （年代＋發表）或 （起迄年代） 或 （年月日）	題目名稱〔媒體項目〕	載於導演（導演），**系列作名名稱**，發行公司。或 標籤。或 載於**專輯名稱**。	https://...

● 中文影片格式（應註明影片類型）

導演（導演）（發行年代）。**影片名稱**〔影片種類〕。發行公司名稱。

範例：

葉天倫（導演）（2014）。**大稻埕**〔電影 DVD〕。海鵬影業。

● 中文電視節目格式（單元劇）

製作人（年代）。**電視劇名稱**〔連續劇〕。製作商：電視台。或

製作人（年代）。單元名稱〔電視單元劇／連續劇〕。**電視劇名稱**。製作商。

範例：

郝孝祖、呂燁濱（製作人）（2010-2011）。**新兵日記**〔電視連續劇〕。民視。

【說明：若該單元劇目前還繼續播出，文獻的年代需寫為（起始年代—現在）。】

● 電視節目的其中一集

導演（年月日）。連續劇集名（季別＋集數）〔電視連續劇〕。載於製作人（製作人）製作，**連續劇名**。製作商；電視台。

範例：
林泰州、吳端盛（導演）（2018，6月26日）。最後的影像化石（第三集）。〔記錄片〕。載於沈可尚、林泰州、林婉玉、吳端盛、侯季然、姜秀瓊、陳芯宜、陳潔瑤、黃庭輔、傅榆、溫知儀、鄒隆娜、廖克發、鍾權（製作人），**時光台灣**。國家電影中心與公視合作；公共電視。

● YouTube的影片或其他的串流影片（要加上網址）

網紅姓名（年月日）。**影片名稱**〔影片〕。YouTube。網址

範例：
莫彩曦Hailey（2022，2月5日）。**【把美國家改造成年貨大街】寸棗、金桔餅、生仁糖！？第一次吃年貨零食**〔影片〕。YouTube。https://youtu.be/ENtL76EjKe0

【說明：YouTube的網址可使用正式網址或縮短網址，縮短網址列於YouTube影片的「分享」處。】

● 中文音樂專輯

歌唱者（年代）。**專輯名稱**〔專輯〕。發行商。

範例：
周杰倫（2005）。**十一月的蕭邦專輯經典復刻黑膠**〔專輯〕。杰威爾音樂。

【說明：不需列出該音樂專輯是用何種器材、何種途徑聽到的（如網路播放器）。】

● 中文Podcast（可分為影片Podcast或音樂Podcast兩種）

主持人（主持）（年代＋發表）。**節目名稱**〔音樂podcast〕。出版商。網址。

範例：
張翰揚（主持）（2020年發表）。**當音樂來敲門**〔音樂Podcast〕。正聲廣播電台。https://www.csbc.com.tw/shows/yinqiao

● 中文 Podcast 的其中一個專輯

主持人（主持）（年月日）。專輯名稱（第 x 集）〔音樂 Podcast 專輯〕。載於**節目名稱**。出版商。網址

範例：

鍾傑樑、何玉芬（主持）（2020，7 月 11 日）。多元出路（第 427 集）〔音樂 Podcast 專輯〕。載於**教學有心人**。Podcast One。https://podcast.rthk.hk/podcast/item.php?pid=356& lang=zh-CN

● 地圖

作者（年代）。〔地圖名稱〕。年月日，取自＋網址或

作者（年代）。**地圖名稱**〔地圖〕。出版商名稱。網址

範例：

Google（無日期）。〔Google 地圖導航，從洛杉磯到拉斯維加斯〕。2020 年 7 月 13 日，取自 https://goo.gl/maps/JsUPjatoxUMK3udF7

臺北市政府觀光傳播局（2019）。**台北地圖**〔地圖〕。https://www.travel.taipei/zh-tw/information/tourist-map

【說明：Google 的地圖並無標題，因此在括號中描述搜尋地圖之目的，並加上日期。】

● 照片

作者（年代）。**照片名稱**〔照片〕。出版商名稱。網址

範例：

劉培森建築師事務所（2016）。**高雄市立圖書館總館**〔照片〕。金點概念設計獎。https://images.app.goo.gl/XuuoPHZHdw8f3frT6

無國界醫生（2020）。〔在前線做著「男子漢工作」的女性後勤人員照片系列〕。救援故事。https://www.msf.org.tw/news/202003/431

● PowerPoint 的投影片或講義註解

作者（年代）。**題目名稱**〔PowerPoint 投影片〕。來源。網址

範例：

陳延興（2015）。**日本與臺灣道德教育課程的實施與探討**〔PowerPoint 投影片〕。國立暨南大學課程教學與科技研究所。https://www.cit.ncnu.edu.tw/UserFiles/1040505 暨大 (陳延興)PPT.pdf

二、英文一般影音文獻

表 4-18 和表 4-19 所示資料為英文影音媒體類參考文獻之格式原則。以下比照中文一般影音之文獻種類，列舉數項在教育學門文獻引用中，較常引用之影音文獻。

表 4-18

英文影音媒體類參考文獻的格式原則（單獨存在）

作者	年代	題目	來源	
			出版商資訊	URL
Director, D. D. (Director). 或 Producer, P. P (Executive Producer). 或 Artist, A. A.	(Year). 或 (Year-present). 或 (Year-Year). 或 (Year, Month Day).	*Title of work* [Description]	Production Company. 或 Label. 或 Museum Name, Museum Location. 或 Department Name, Univ. Name.	https://...

表 4-19

英文影音媒體類參考文獻的格式原則（全體計畫或演出的一部分）

作者	年代	題目	來源	
			出版商資訊	URL
Writer, W. W. (writer), & Director, D. D. (Director). 或 Host, H. H. (Host). 或 Producer, P. P. (Producer). 或 Artist, A. A.	(Year). 或 (Year, Month Day).	Title of episode (Season No., Episode No.) 或 Title of song [Description]	In P. P. Producer (Executive Producer), *Title of TV series.* 或 Production Company. 或 In *Title of podcast.* Production Company. 或 On Title of album. Label.	https://...

● 英文影片格式（應註明影片類型）

Director, D. D. (Year). *Title of work* [Film/DVD]. Production Company.

範例：

Russo, A., & Russo, J. (2019). *Marvel Studios' Avengers: Endgame* [Film]. Marvel.

【說明：英文影片格式將導演視為該作品的作者。若無法找到導演姓名，為讓讀者容易找到該影片，可以使用主角姓名做為作者。】

● 英文電視節目格式（單元劇）

Producer, P. P. (Year). *Title of work* [TV series]. Name of Production Company. TV station.

範例：

Cochran, R., & Surnow, J. (Creators). (2001-2010). *24* [TV series]. 20th Century Fox Television. FOX.

【說明：該電視影集的播出年代，若有跨年情形，文獻的引用需寫出起迄年代。】

● YouTube 的影片或其他的串流影片（要加上網址）

YouTuber, Y. Y. (Year, Month Day). *Title of work* [Video]. YouTube. URL

範例：

Pereira. R. (2019, April 14). *Singapore: Understanding the city of the future* [Video]. YouTube. https://youtu.be/RHfCOi0L9Gk

● 英文 Podcast（可分為影片 Podcast 或音樂 Podcast 兩種）

Host, H. H. (Host) (Year-present). *Title of work* [Audio podcast]. Publisher Name. URL

範例：

Zarroli, J. (Host). (2020-present). *The customer is always right. Except when they won't wear a mask* [Audio podcast]. NPR. https://www.npr.org/2020/07/14/889721147/the-customer-is-always-right-except-when-they-wont-wear-a-mask

● 地圖

Author, A. A. (Year). *Name of Map* [Map]. Publisher Name. URL 或

Google. (n.d.). [Describe the map]. Retrieved Month Day, Year, from URL

範例：

Bay Area Rapid Transit [BART]. (n.d.). *System Map* [Map]. https://www.bart.gov/system-map

Google. (n.d.). [Google Maps directions for driving from Garden Grove, CA to Disneyland Park, Anaheim, CA]. Retrieved December 21, 2020, from https://goo.gl/maps/wUKGr9UMP3LMWXyR9

● 照片

Author, A. A. (Year). Title of photograph [Photograph]. Publisher Name. URL 或

Author, A. A. (Year). [Describe the meaning of the photograph]. Publisher Name. URL

【說明：引用照片可能需要得到授權，引用前應留意。】

● PowerPoint 的投影片或講義筆記（lecture notes）

Author, A. A. (Year). *Title of work* [PowerPoint slides]. Publisher/ Database Name. URL 或

Author, A. A. (Year, Month Day). [Lecture notes on resource allocation]. Publisher Name. URL

三、中文線上媒體

線上媒體包含了社群媒體與網站或網頁等。目前，線上媒體有 Twitter、Facebook、Reddit、Instagram、Tumblr、LinkeIn 以及一些線上的論壇（如電子佈告欄系統的 PPT）等，非常多樣，且一個 Po 文可能會出現「純文字」、「帶有照片或影片」或是「只有影音資料」等情形。在引用上，如果該 Po 文沒有特定的標題，就需要把它的內文做為參考文獻的題目，但字數最佳不超過 20 字。以下列出引用格式原則於表 4-20 中，再說明數種中文線上媒體較常引用之參考文獻案例。不過，由於線上媒體文獻資料的正確性較難以確保，因此寫作者引用時應注意到引用線上媒體資料時存在的風險。

表 4-20

中文線上媒體類參考文獻的格式原則

作者	年代	題目	來源	
			社群網站名稱	URL
Twitter 和 Instagram： 用戶名稱〔@ 帳號〕 團體名稱〔@ 帳號〕 Facebook 等 用戶名稱 團體名稱 團體名稱〔帳號〕 帳號	（無日期） 或 （年月日）	**Po 文的名稱**或 **Po 文的名稱** 〔媒體項目〕 或 〔媒體項目〕	網站名稱。	https://... 或 年、月、 日，引自 URL

註：Po 文的名稱宜簡短，建議取前面 20 個字；Twitter 和 Facebook 的用戶帳號是註冊時就已確定的，不可更改。但用戶名稱則可隨時編輯。

● Tweet

用戶名稱〔@用戶帳號〕（年月日）。**最多 20 個字的 Po 文名稱**〔媒體項目〕〔Tweet〕。Twitter。URL

範例：

台灣事實查核中心〔@ taiwantfc〕（2020，6 月 2 日）。**2020 年 1 月到現在，TFC 累積了 100 多則的疫情查核報告**〔附圖〕〔Tweet〕。Twitter。https://twitter.com/taiwantfc/status/1267748131027816448

● Twitter 個人檔案

用戶名稱〔@用戶帳號〕（無日期）。**Tweets**〔Twitter 個人檔案〕。Twitter。年月日，引自 URL

範例：

外交部 Ministry of Foreign Affairs, ROC (Taiwan)〔@ MOFA_TAIWAN〕（無日期）。**Tweets**〔Twitter 個人檔案〕。2020 年 7 月 23 日，引自 https://twitter.com/MOFA_Taiwan

【說明：因為 Twitter 上的個人檔案有可能經常更改，因此引用時應加上引用日期。】

● Facebook 的 Po 文

用戶名稱（年月日）。**Po 文的題目或 20 字以內的內文**〔附圖〕〔更新狀態〕。Facebook。URL

範例：

林志成（2022，2 月 10 日）。**SMART CREATE：教學創新的行動智慧**〔附圖〕〔更新狀態〕。Facebook。https://www.facebook.com/profile.php?id=100004974606771

【說明：若該 FB 的 Po 文並非公開性質，是需要加入 Po 文者的朋友才看得見的，屬於私人信件類，格式引用應按照私人信件方式（如私人信件、電話通訊、E-mail 等）撰寫；其次，FB 中的 Po 文不一定正確或嚴謹，在學術文章的引用上必須注意；如果 Po 文的題目或內文，有非正規的文字、大小寫或是表情符號，也必須盡可能照著引用，不要任意取代或忽略。】

● Facebook 的網頁

用戶名稱（無日期）。**首頁**〔Facebook 網頁〕。Facebook。年月日，取自 https://www.facebook.com/用戶名稱

範例：

我是馬克（無日期）。**首頁**〔Facebook 網頁〕。Facebook。2020 年 7 月 30 日，取自 https://www.facebook.com/markleeblog/

● Instagram 的照片或影片

用戶名稱〔@用戶帳號〕（年月日）。**主題**〔照片或影片〕。Instagram。URL

範例：

果陀劇場〔@godot_theatre〕（2020，7 月 29 日）。**解憂雜貨店：你曾遇過藍星人嗎？**〔照片〕。Instagram。https://www.instagram.com/p/CDNegYFHmo-/

● Instagram 的限時動態精選（highlight）

用戶名稱〔@用戶帳號〕（無日期）。**主題**〔限時動態精選〕。年月日，取自 URL

範例：

教檢教甄 daily｜小教｜我是幽翊 yoyu〔@edudaily_yoyu33〕（無日期）。**讀書計畫**〔限時動態精選〕。Instagram。2022 年 2 月 23 日，取自 https://www.instagram.com/stories/highlights/17908127402144138/

【說明：在引用 Instagram 的「限時動態精選」（highlight）時，日期上要標註「無日期」，理由為限時動態精選中的每一個限時動態（story）雖然都有 Po 文的日期，但因一個限時動態精選有可能含有數個不同日期的限時動態，內容也可能隨時被發布者改變，因而需標註為「無日期」。】

● 新聞網站的網頁

作者（年月日）。**作品名稱**。電視台名稱。網址

範例：

張淑慧（2020，7 月 14 日）。**廣傳教育愛，嘉惠偏鄉學子「乒乓傳愛偏鄉」活動**。屏東新聞網。https://tnews.cc/08/newscon1.asp?number=130171

● 有個別作者的網頁

作者（年月日）。**網頁名稱。**網站名稱。網址

範例：

爆肝護士（2020，2 月 16 日）。**搭飛機怕在密閉空間被感染，你該注意的三件事**。爆肝護士玩樂記事。https://nurseilife.cc/on-planes/

● 有團體作者的網頁

團體作者名稱（年月日）。**網頁名稱**。網址

範例：

國立故宮博物院（2022，2 月 22 日）。**教育推廣：兒童及家庭**。https://www.npm.gov.tw/Education-Promotion.aspx?sno=04012602&l=1

● 網頁加上擷取時間

作者姓名（無日期）。**網頁名稱**。網站名稱。年月日，取自 URL

範例：

衛生福利部國民健康署（無日期）。**新版兒童健康手冊**。2020 年 7 月 30 日，取自 https://www.hpa.gov.tw/File/Attach/12777/File_14776.pdf

【說明：若作者名稱與網站名稱相同，網站名稱處可以省略不寫。】

四、英文線上媒體

英文線上媒體的格式原則，如表 4-21 所示。以下比照中文線上媒體之參考文獻種類，列舉出常用的英文線上媒體文獻的引用格式。

表 4-21

英文線上媒體類參考文獻的格式原則

作者	年代	題目	來源	
			社群網站名稱	URL
Twitter & Instagram: Author, A. A. 〔@userID〕或 Name of Group. 〔@userID〕 Facebook etc. Author, A. A. 或 Name of Group. 或 Name of Group. 〔username〕或 Username.	(n.d.). 或 (Year, Month Day)	*Content of the post* [Description of audiovisuals]. 或 [Description of audiovisuals].	Site Name	https://... 或 Retrieved Month Day, Year, from https://...

註：Po 文的名稱宜簡短，建議取前面 20 個字。

● Tweet

Author, A. A. [@userID]. (Year, Month Day). *Content of the post* [Tweet]. Twitter. URL

範例：

best of emma stone [@badpostestone]. (2020 January 1). *Premiere of 'Easy A' during the 2010 International Film Festival on Saturday (September 11) in Toronto, Canada* [Image attached][Tweet]. Twitter. https://twitter.com/badpostestone/status/1212038025745752064

● Twitter 個人檔案

Author, A. A. [@userID]. (n.d.). *Tweets* [Twitter profile]. Twitter. Retrieved Month Day, Year, from URL

範例：

Trump, D. J. [@realDonaldTrump]. (n.d.). *Tweets* [Twitter profile]. Twitter. Retrieved July 23, 2020, from https://twitter.com/realDonaldTrump

● Facebook 的 Po 文

Author, A. A. (Year, Month Day). *Title of work* [Image attached][Status update]. Facebook. URL 或

Group Name. (Year, Month Day). *Title of work* [Infographic]. Facebook. URL 或

Author, A. A. (Year, Month Date). *Title of work* [Video]. Facebook. URL

範例：

International Toy Libraries Association (ITLA). (2020, July 10). *We share with you a special memory: The opening ceremony of the 15th International Toy Library Conference of 2019* [Video]. Facebook. https://www.facebook.com/ITLA.Org/videos/563866637615674

【說明：Facebook 的文獻格式可用在引用在 FB 中的 Po 文，也可以用於其他的社群軟體，如 LinkedIn、Tumblr、微博上；如果 FB 的 Po 文內容包含圖片、影片或介紹其他網站者，就需將其用方括號標示：上述 FB 的影片引用，是從「世界玩具圖書館協會」的 FB 的 Po 文中，看見影片，再按一下影片，使其成為單獨網頁，因此在格式上才寫上 [Video]，網址也是使用單獨的 Video 網頁（而非一般的 FB 帳號狀態更新頁面）。】

● Facebook 的網頁

Username. (n.d.). *Home* [Facebook page]. Facebook. Retrieved Month Day, Year, from https://www.face.book.com/username

範例：

FBI – Federal Bureau of Investigation. (n.d.). *Home* [Facebook page]. Facebook. Retrieved July 23, 2020, from https://www.facebook.com/FBI

● Instagram 的照片或影片

Username [@userID]. (Year, Month Day). *Content of the post* [Photographs or Videos]. Instagram. URL

範例：

Tom Cruise [@tomcruise]. (2020, April 3). *I know many of you have waited 34 years. Unfortunately, it will be a little longer* [Photographs]. Instagram. https://www.instagram.com/p/B-fYBm7DYyZ/

● 電視新聞網站的網頁

Author, A. A. (Year, Month Day). *Title of webpage.* News Name. URL

【說明：本格式為電視新聞的線上網站發布的資訊專用。】

● 有作者（單一作者及團體作者）的網頁

Author, A. A. (Year, Month Day). *Title of webpage.* Website Name. URL 或

Group Name. (Year, Month Day). *Title of webpage.* URL

範例：

The Organisation for Economic Co-operation and Development. (2020, July 14). *2018 TALIS results: Teachers and school leaders as valued professionals.* http://www.oecd.org/education/talis/

● 無日期的網頁

Author, A. A. (n.d.). *Title of webpage.* Website Name. URL

【說明：內文中引用時，要寫成 (Author, n.d.) 或 Author (n.d.)；當作者和網站相同時，來源處的網站名稱（Website Name）不必寫出。】

● 網頁加上擷取時間

Author, A. A. (n.d.). *Title of webpage*. Website Name. Retrieved Month Day, Year, from URL

範例：

U.S. Department of State. (n.d.). *Instructions for the 2020 Diversity Immigrant visa program (DV-2020)*. Retrieved July 30, 2020, from https://travel.state.gov/content/dam/visas/Diversity-Visa/DV-Instructions-Translations/DV-2020-Instructions-Translations/DV-2020-Instructions-English.pdf

【說明：若作者名稱與網站名稱相同，網站名稱處可以省略不寫。】

第六節　參考文獻中常用的英文縮寫

在閱讀或撰寫各類別的參考文獻時，也有許多機會看到或使用英文縮寫。例如：ed.、Ed.、Eds.、Trans.、p.、pp.、Rep. 等，這些縮寫字的使用，可以節省參考文獻所占的空間，也可以節省文章的用字數。

另外，在內文與參考文獻中，也常會閱讀到美國各州及特區之縮寫，如：AZ、CA、DC、IL、MI、NY、TX、WA 等，是故，讀者需要認識上述常用的英文縮寫，才能完整瞭解英文文獻的內容。

雖然 APA 格式第七版在寫作格式上，已經取消必須註明出版商所在之都市（位於美國國內的出版商，必須註明都市名與州名；美國以外的國家則註明都市名及國名），然而在閱讀內文與使用 APA 格式第六版為標準所撰寫的參考文獻時，仍然不免會遇到出現美國州名之情形，另外在撰寫會議發表之文章時，會議的舉辦地點若為美國，亦需寫出州名縮寫。當然，美國州名也於生活上經常看見，因此，學術文章的寫作者及讀者仍有需要認識美國州名的縮寫。

為對應讀者及寫作者之需求，茲整理參考文獻中常用的英文縮寫於表

4-22 中，至於美國各州、屬地及華盛頓特區之縮寫，則列於表 4-23 中。

表 4-22

參考文獻中常用的縮寫

英文縮寫	原意	英文縮寫	原意
ed.	編輯	p. (pp.)	單頁頁碼 （多頁頁碼）
Rev. ed.	修訂版	Vol. (Vols.)	卷 （多卷）
2nd ed.	第二版	Para. (paras.)	段落 （多個段落）
Ed. (Eds.)	一位編輯者 （多位編輯者）	No.	號次
n.d.	無日期	Pt.	部分
Trans.	翻譯者 （一位及多位）	Tech. Rep.	技術報告
Narr. (Narrs.)	解說者 （多位解說者）	Suppl.	補充資料
DOIs	數位物件識別碼	URL	網址

表 4-23

美國各州、美屬領地及華盛頓特區之縮寫

州或特區	縮寫	州或特區	縮寫
Alabama	AL	Missouri	MO
Alaska	AK	Montana	MT
American Samoa	AS	Nebraska	NE
Arizona	AZ	Nevada	NV
Arkansas	AR	New Hampshire	NH
California	CA	New Jersey	NJ
Canal Zone	CZ	New Mexico	NM
Colorado	CO	New York	NY
Connecticut	CT	North Carolina	NC
Delaware	DE	North Dakota	ND
District of Columbia	DC (Washinton, DC)	Ohio	OH
		Oklahoma	OK
Florida	FL	Oregon	OR
Georgia	GA	Pennsylvania	PA
Guam	GU	Puerto Rico	PR
Hawaii	HI	Rhode Island	RI
Idaho	ID	South Carolina	SC
Illinois	IL	South Dakota	SD
Indiana	IN	Tennessee	TN
Iowa	IA	Texas	TX
Kansas	KS	Utah	UT
Kentucky	KY	Vermont	VT
Louisiana	LA	Virginia	VA
Maine	ME	Virgin Islands	VI
Maryland	MD	Washington	WA
Massachusetts	MA	West Virginia	WV
Michigan	MI	Wisconsin	WI
Minnesota	MN	Wyoming	WY
Mississippi	MS		

第 5 章 製作表和圖

學術論文寫作上，為使所蒐集的資料能夠更有系統的呈現，便於讀者快速掌握資料的概況或趨勢，寫作者通常需要將資料整理為表格或繪製圖形。表或圖的功用不但可讓論文更易於理解，亦有減少文字敘述量，提升文章品質之效果。因此，本章主旨乃在介紹表與圖的格式規定，並透過範例分享不同類型表與圖的特徵。

本章重點有：

一、如何製作表格

包含表格組成的元件、格式、資料來源格式與參考範例

二、如何製作圖形

包含圖形組成的元件、格式、資料來源格式與參考範例

由於 APA 格式第七版對於製作表和圖的格式規定已與前版有所不同，未來在製作表和圖時需注意勿混用了新舊版格式。讀者可以透過本章、第八章及附錄一之介紹，比較新舊版本間的差異。

第一節　緒論

由於學術論文寫作時，在呈現的表與圖數量中，表會比圖為多，因此習慣上在「前頁」部分，接著目次之後，會先寫表次，之後再寫圖次。表格與圖形的製作上，APA 格式第六版和第五版一樣，維持了手稿格式與期刊實際出版的兩種格式（最大差異是手稿的圖名置於圖下，而定稿的圖名與表名一樣置於圖上），但到了第七版就僅介紹出版格式而已。會造成這樣的轉變，可能是如今學術寫作幾乎直接以電腦的文書處理軟體撰寫，而不採先手寫再打字到電腦檔案了，因此便可以直接使用出版格式撰寫（同樣的情形，也發生在參考文獻應以粗體或斜體呈現之部分，過去採手寫時，寫作者會在需要粗體或斜體處理之部分劃下底線，告訴打字者這部分要在出版後轉成出版格式）。科技進步所造成的改變，也值得寫作者在製作表和圖時特別注意。

本章重點在於介紹表格和圖形在製作上應注意的事項，由於在 APA 格式第七版中的表格與圖形製作已與舊版有所差異，因此寫作者也應該注意並理解版本之間的差異，必要時也可應刊物或出版商在出版美觀和一致性上的要求，調整表格與圖形製作時的格式。

另需注意到的是，本章為使讀者易於辨明圖的製作方式與呈現的資料，刻意在圖的底部加上網底。實際上在製作圖時，無須在底部另加任何顏色之網底，此點請讀者留意。

第二節　製作表格

製作表格之目的在於將複雜的資料做系統性的統整，使讀者可以快速的、清楚的瞭解表格中呈現的資料內容。因此表格有節省文章空間（篇幅）與方便讀者比較資料之功用。妥當的繪製表格，也可以減低文章中的文字量，並提高文章的品質（Silvia, 2014）。然而，表格不是為做而做，寫作者在以表格呈現資料前，應先瞭解「此表格是否是必須的」、「表格是否適合放在文章中，或是做為附件呈現」、「表格引用來源是否有正確的標註」、「表格是否有報告了相關的統計數據、例如信賴區間、*p* 值等」、「內文中是否提到表格」、「表格是否和內文有相關性」以及「表格的格線是否正確，例如不畫垂直線」等事項，這樣才可以讓所製作的表格發揮功效，協助文章講話。以下，概述製作表格應遵循的相關事項。

壹、表格的組成元件與格式

表格的組成，包含了各種表的元件，製作表格上，不論是呈現統計數據或是歸納整理質性資料，表格的結構中應有以下這些元件：

1. 表的標號（number）。
2. 表的名稱（簡稱表名，title）。
3. 表中的欄位與列位標題（headings）。
4. 表的內文（body）。
5. 表的註記（notes）。

這些組成元件，決定了表格的結構，每一個元件也有規定的格式應該遵循。在製作表格上，應遵循的格式原則，除了表格本身之外，同時還包含了表格的內文，且表格不論置放於文章的內文或是附錄，都需依格式原則製作。表格的格式原則大部分通用於中文與英文的表格上，只有少部分為因應語文的特性做彈性處理（如中文的表名以**粗體**呈現、英的表名以*斜體*呈現）。以下，依序簡單說明五項表格元件的格式原則。

一、表的標號與名稱的格式原則

表格的標號與名稱的格式，有以下原則：

1. 標號和名稱置於表格之上，靠左對齊，分兩行，第一行為標號，第二行為表名。

2. 標號的寫法，中文為「表一」、「表 1」或「表 1-1」，英文為「**Table 1**」、「**Table 1.1**」。英文的標號，應以**粗體**呈現，中文不必加粗體字。（國內**部分期刊**在第七版中文標號的詮釋上，亦有比照英文撰寫模式，將中文的表標號以粗體呈現的做法）。
3. 表名的寫法，中文需以**粗體**呈現，英文則為*斜體*。表名在撰寫上需盡量以簡短、清楚且有效的說明表達出表格的重點，不應過長。表的標號與名稱的寫法範例，如圖 5-1 所示。

圖 5-1

表的標號與名稱

中文

表 1

跨年級教學之課程組織型態

英文

Table 1

Curriculum Organization Models of Multi-Grade Instruction

二、欄位標題格式原則

欄位標題也可以稱為表頭，其應置於每欄位（column）最上方，做為對該欄的說明。欄位標題格式原則列舉如下：

1. 標題文字應該簡短，在每個欄位上以「置中」方式呈現。
2. 表的標題為整欄資料之解釋，表格中只要設有「欄」就應加標題說明，所撰寫的文字要能代表全欄。
3. 根欄位（stub column）通常係用來列出主要的自變項或預測變項，根欄位中的標題稱為「根標題」（stub head）。如圖 5-2 的根標題即列出教育階段。若內文中沒有將教育階段進行編號，並用編號代表其中某一個教育階段（例如將「國小」寫成「1. 國小」），則根標題就不必加上編號。
4. 表格中的每一欄位都要有一個標題，置於欄位標題最上方的標題

圖 5-2

表格的標題名稱及位置範例

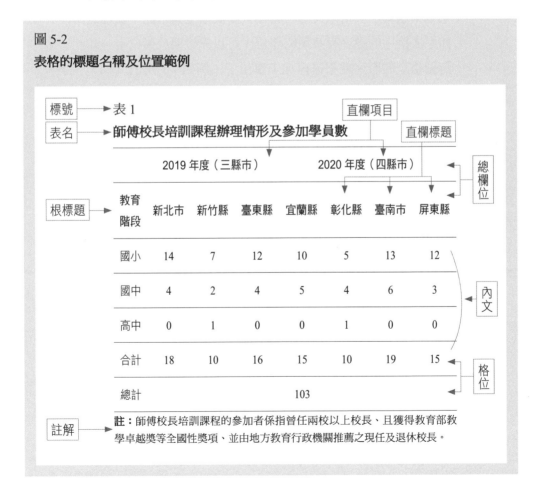

標號 → 表 1

表名 → **師傅校長培訓課程辦理情形及參加學員數**

直欄項目、直欄標題、總欄位、根標題、內文、格位、註解

教育階段	2019 年度（三縣市）			2020 年度（四縣市）			
	新北市	新竹縣	臺東縣	宜蘭縣	彰化縣	臺南市	屏東縣
國小	14	7	12	10	5	13	12
國中	4	2	4	5	4	6	3
高中	0	1	0	0	1	0	0
合計	18	10	16	15	10	19	15
總計				103			

註：師傅校長培訓課程的參加者係指曾任兩校以上校長、且獲得教育部教學卓越獎等全國性獎項、並由地方教育行政機關推薦之現任及退休校長。

稱為「直欄標題」（column head）。如果包含二個以上的直欄標題之概念的標題，稱為「直欄項目」（column spanner）。在製作上，可用「合併儲存格」方式，列出共同標題（如圖 5-2 的各辦理年度）。

5. 合併兩個以上標題的直欄項目，和說明單一欄位的「直欄標題」屬於一種堆疊式的標題，在位置上，兩者皆屬於「總欄位」（decked heads）。
6. 總欄位係置於表格最上一列，做為避免直欄項目和直欄標題文字重複之用，因此，可以依需要再分列幾個次欄位（subheads）來說明。不過為了表格的清楚，總欄位在使用上盡可能不要超過兩層。
7. 如果表格中的數字有共通的單位，可以先標明於欄位上，如此一來每個格子的數字就不需再加上單位了。例如：百分比（%）、年、公斤（Kg）等。
8. 格位（cell）中的文字，以英文撰寫時通常使用單數，只有在以「團體」為單位時，才用複數文字（中文在文法上因為沒有複數字，故無此限制）。
9. 表格太長需要跨頁時，應在續頁中再一次呈現「欄位標題」後，再接著呈現表的後續內容，如圖 5-3 所示。記得，跨頁的表格在 APA 格式第七版中，前頁右下方不需要再列出「（續下頁）」，次頁也不需要再列出標號和表名了。

三、內文的格式原則

表格的內文格式原則列舉如下：

1. 格位內若無適當資料可保留空白，不需填入任何文字。
2. 格位內若有不需要列出的資料，該格子畫上「—」號。
3. 格位內若有無法獲得之資料，該格子應畫上「—」號，另需在註記處之「一般性註記」解釋畫「—」號之理由。

圖 5-3

跨頁的表格處理方式與註記範例

表 1

跨年級教學之課程組織型態

編號	模式說明
1	全班教學
2	科目交錯
3	課程輪替

欄位標題在續頁的表格內再重複一次

編號	模式說明
4	平行課程
5	螺旋課程

註：引自 “Multi-Age practices and multi-grade classes,” by L. Cornish, in L. Cornish (Ed.), *Reaching EFA through multi-grade teaching: Issues, contexts and practices* (p. 32), 2006, Kardoorair Press.

4. 表格的內文可採用「單行間距」、「1.5 倍行高」或「2 倍行高」。
5. 表格內不畫縱向（垂直）線，表格中的每一個格子（cell）也勿再用格線圍繞（如此會形成表中有表）。
6. 表格的最後底線**不必加粗，勿用**網底去做單純的裝飾，若有需要特別強調某一格位，應在註記處加註說明。

四、註記的格式原則

表格的註記，依撰寫的形式可以分為「一般性註記」（general notes）、「特別註記」（specific notes）與「機率註記」（probability notes）三種類型。

「一般性註記」是提供或解釋和表格有關的資訊、解釋表格中的縮寫、符號、使用粗體或斜體呈現之文字字義，如果該表為引自他人文章之表格，寫作者也需在一般性註記處寫出引用資料的來源。「特別註記」使用於解釋某些欄、列、格子的特殊標記，如使用 [a]、[b]、[c]（需上標）對該欄的資料進行說明等。「機率註記」為使用星號和其他符號去說明 p 值的顯著程度，如 * p < .05, **p < .01. 等（注意 p 值和 < 之間需加上空格，小數點前也需加上空格）。中文經常使用的「註記」文字為「**註：**」（粗體），英文經常使用「*Note.*」（斜體），若有引用資料時，需標出資料的出處。中文使用「引自」、「出自」或「取自」，英文則則使用「From」或「Adapted from」（不必加斜體）標示出處。註記的格式原則列舉如下：

1. 註記的置放位置，為表格之下。置放順序為一般性註記、特別註記、機率註記。在一般性註記下的特別註記需要新開一行撰寫，在一般性註記下的機率註記也需新開一行撰寫。
2. 註記為有需要說明表格中資料時列入。若表格取自它處，如為已發表的作品或是網路，需要載明出處（有時尚須取得同意）。
3. 註記的第二行不必縮排（如圖 5-2）。
4. 表名不宜使用特別註記說明。若要針對表名說明，應使用一般性註記說明。
5. 特別註記的撰寫順序，需以 a、b、c 順序，由 a 開始寫，並依照其出現在表格的位置，以由左至右、由上至下之順序，列出在表格下方。
6. 表格中若有重複的單位或資訊，可以使用特別註記統一說明，如此可以節省在表中必須重複說明的問題。
7. 機率註記前不必再寫「**註：**」或「*Note.*」。
8. 機率註記中，若需要區分單側檢定（one-tailed）或雙側檢定（two-tailed），可以在 p 值後加註之（此時可以將星號指定為雙側檢定之註記符號，再新增一個符號做為雙尾檢定之符號），例如：$* p < .05$,（雙側），$** p < .01$,（單側），英文為：$* p < .05$, two-tailed, $** p < .01$, one-tailed。

貳、表格的資料來源格式

表格的資料來源格式在中文與英文環境上的寫法，由於語言文法的不同，造成中文環境在仿照對主以英文寫法進行規定的 APA 格式寫作上，出現了不同的詮釋（特別是在作者姓名和書名、文章名的順序上）。

如果該表格的資料來源，係有版權或需取得原著作者同意，則需在所列出之資料來源最後方寫出版權資訊。例如：Copyright + 年代 +by the Author (or Publisher)。

以下分別說明中文及英文期刊類、書籍類、編輯書籍與網路資料類的資料來源格式及參考範例。

一、中文資料來源格式

中文的引用資料來源，大致包含期刊類、書籍類、編輯書籍類及網路資料等類別。引用時，應注意以下共通之特徵：

1. 在「**註：**」的後面，先加上「引自」、「出自」或「取自」（不必加粗體）後，再置入資料來源。
2. 若中文環境中引用全部皆英文的文獻做為資料來源，則使用英文格式撰寫之。
3. 期刊類、書籍類與編輯書籍類的引用資料，應寫出引用頁之頁碼，並加上「頁」字，例如：「頁 89」。
4. 文章名稱依中文習慣要加引號、人名應該依中文習慣以姓＋名順序排列（英文的環境是 A. A. Author），英文的「by...」因較難中譯，因此可省略。
5. 由於英文格式轉換為中文的變化較大，且與中文使用習慣不同（如名在前、姓在後），部分出版單位仍維持「**註：**引自作者（年代），文章名稱，**期刊名稱，卷**（期）別，頁碼」的作法，因此該使用哪個格式，可再依出版單位之規定處理。

以下，分別概述各類引用資料的格式：

● 中文期刊類資料來源格式

註：出自「文章名稱」，作者，年代，**期刊名稱，卷**（期）別，頁碼（DOI or URL）。

範例：

註：引自「網路成癮」，吳清山、林天祐，2001，**教育資料與研究**，42，頁111。

● 中文書籍類資料來源格式

註：引自**書籍名稱**（頁碼），作者，年代，出版商名稱（DOI 或 URL）。

範例：

註：引自**臺灣教育發展史**（頁 174），李建興，2016，遠見天下文化。

【說明：中文書籍類資料來源格式中的書籍名稱，需加粗體，但不加引號。】

● 中文編輯書籍類資料來源格式

註：引自「章節名稱」，作者，載於編者（編），**書籍名稱**（頁碼），年代，出版商名稱。

範例：

註：引自「研究生資料蒐集與分析的『偽真實』現象反思：以『文獻探討』為例」，徐超聖，載於方志華、張芬芬（編），**教育學門的研究倫理：理念、實況與評析**（頁 232），2017，五南。

● 中文網路類資料來源格式

註：引自**網頁名稱**，作者，年代（URL）。

範例：

註：引自**高雄市新住民統計指標表**，高雄市政府教育局，2020（http://kcgdg.kcg.gov.tw/KCGSTAT/page/kcg01_1.aspx?Mid=3009）。

二、英文資料來源格式

英文的引用資料來源，可分為期刊類、書籍類、編輯書籍類及網路資料等類別。引用時，應注意以下規定：

1. 在「*Note.*」之後使用 From（通常使用於再製）或 Adapted from（通常使用於部分引用），以代表所引用的資料來源，再加上引用資料，構成完整格式。
2. 注意作者的姓名寫法為 by + A. A. Author and B. B. Author（和期刊、書籍的參考資料寫法採 Author, A. A., & Author, B. B. 不同）。
3. 期刊類、書籍類與編輯書籍類的引用資料，應寫出代表引用頁之頁碼，即「p.」，再列入該資料的所在頁碼，如「p. 15」。
4. 若有版權資訊或已取得同意，需在最後部分列出。例如：Copyright Year by Name of Copyright Holder（無須獲得同意時），或 Reprinted with permission（必須獲得同意時）。

以下，分別概述各類引用資料的格式：

● 英文期刊類資料來源格式

Note. Adapted from “Title of Article,” by A. A. Author and B. B. Author, year, *Title of Periodical, Volume*(Issue), p. xx (DOI or URL).

範例：

Note. Adapted From “Relationship between teaching motivation and teaching behavior of secondary education teachers in Indonesia,” by Y. Irnidayanti, R. Maulana, M. Helms-Lorenz and N. Fadhilah, 2020, *Journal for the Study of*

Education and Development, 43(2), p. 277 (https://doi.org/10.1080/02103702.2020.1722413).

● 英文書籍類資料來源格式

Note. Adapted from *Title of Book* (p. xx), by A. A. Author and B. B. Author, Year, Publisher (DOI or URL).

範例：

Note. Adapted from *The self-managing school* (p. 37), by B. J. Caldwell and J. M. Spinks, 1988, Falmer.

● 英文編輯書籍類資料來源格式

Note. Adapted from "Title of Chapter," by A. A. Author and B. B. Author, in E. E. Editor and F. F. Editor (Eds.), *Title of Book* (xth ed., p. xx), Year, Publisher (DOI or URL).

範例：

Note. Adapted from "How collaborative leaders cross boundaries," by J. Glanz, in S. B. Wepner and D. Hopkins (Eds.), *Collaborative leadership* (p. 153), 2011, Teachers College Press.

● 英文網路類資料來源格式

Note. From *Title of Webpage*, by A. A. Author and B. B. Author, Year, Website Name (URL). 或

Note. From *Title of Webpage*, by Group Author Name（與網站名稱相同時）Year (URL).

範例：

Note. From *The 17 Goals*, by Department of Economic and Social Affairs, United Nations, 2020 (https://sdgs.un.org/goals).

參、表格的各種範例

學術文章中，將所需統整的資料製作成表格的類型，包含了將數據進行統整的量化資料表格，以及將複雜資料進行歸納、使其變成能讓讀者清楚瞭解的質性（敘述型）表格。以下，列舉幾項較常用到的表格範例，做為寫作者製作表格上之參考。

範例1 描述性統計摘要表

表 5-1

第九天捷泳學習路徑現況統計表

捷泳學習單元	路徑	人數	平均數（*M*）	標準差（*SD*）	排序
打水總分	路徑一	13	22.385	4.891	2
	路徑二	9	23.111	5.255	1
	路徑三	14	19.500	3.299	3
	路徑四	14	19.429	4.702	4
	路徑五	12	19.500	4.338	3
	路徑六	7	17.429	5.884	5
	總計	69	20.290	4.796	

註：引自**規則空間模型理論在運動技能學習之應用：以國小初學者學習捷泳為例**〔未出版之碩士論文〕（頁 50），康書源，2019，龍華科技大學。

範例2 分析性文字摘要表

表 5-2 為分析性的文字摘要表。其係本書作者在某一本編輯書籍之一章中，自行根據各種跨年級混齡的移動教學型態所整理的比較表。由於本表為自行製作，故可在註解處寫上資料來源為「作者自行整理」。

表 5-2

移動教學三種教學型態中教師指導容易度之比較

	L 型	橫向排列型	背對型
教師與各組學生距離	近	近	最遠
教師直接指導時的移動距離	短 （轉身）	中 （轉身或移動）	長 （繞約半個教室）
聽取間接指導學生的疑問或發出的雜音	易	易	難
直接指導與間接指導並行	難	難	可
使用聲音訊息進行間接指導的方便度	易	易	難
使用視覺訊息投射（監控）至間接指導學生的方便度	較難 （轉身）	較難 （移動或轉身）	易

註：作者自行整理。

範例3 描述性文字摘要表

表 5-3

發展現況、衝擊與困境、內外部環境及經營策略訪談分析

主題	意義單元
仰賴社群媒體與新奇體驗吸引觀光	部落文化生態體驗遊程仰賴社群媒體
	大同小異的大眾旅遊體驗方式
	新奇有深度遊程能滿足遊客的需求
具有特色布農歲時祭儀與風味餐	運用布農歲時祭儀，展現文化特色
	工藝文化較為缺乏，可以專注體驗內涵
	令人驚豔的布農族風味餐
回饋地方發展需求並改善交通環境設施	產業發展造成影響及干擾，回饋以盡企業社會責任聲音四起
	提升路面的品質及增置設施是改善交通首要任務

註：引自**以地方創生觀點探究臺東鸞山部落之創意生活產業經營策略**〔未出版之碩士論文〕（頁 47），王叔杰，2019，中華大學。

範例4 信度分析摘要表

圖 5-4 所示資料，為以英文撰寫的信度分析摘要表。英文表格的標號和主標題，在行距上應設定為「2 倍行高」，中文的表格則以可清楚看出標號和主標之區隔為原則。由於表 5-4 係取自有 DOI 的期刊，因此資料來源處使用「From」，最後再附上 DOI 碼。

圖 5-4

以英文撰寫信度分析摘要表之例示

Table 1

Reliability Statistics for Each Core Competency

Variables	Cronbach Alpha
Assessment .74	.74
Inquiry	.75
Instructional Leadership	.82
Unity of Purpose	.82
Visionary Leadership	.84
Diversity	.85
Learning Community	.85
Reflection	.85
Organizational Management	.87
Professional Development	.87
Collaboration	.88
Curriculum and Instruction	.88
Professionalism	.94

Note. From “The principalship: Essential core competencies for instructional leadership and its impact on school climate,” by D. J. Ross and J. A. Cozzens, 2016, *Journal of Education and Training Studies, 4*(9), p. 167 (https://doi.org/10.11114/jets.v4i9.1562).

範例5 相關係數摘要表

表 5-4

臺北市國民中學教室走察與學校組織合作相關分析摘要表

變項		教室走察				
		短暫且經常性	聚焦且系統性	啟迪與協助性	合作與協同性	全體
學校組織合作	共創願景	.615***	.638***	.626***	.719***	.724***
	共擔責任	.569***	.619***	.642***	.695***	.704***
	共享資源	.530***	.547***	.540***	.641***	.630***
	共展績效	.546***	.651***	.649***	.654***	.697***
	全體	.635***	.688***	.689***	.762***	.773***

註：引自**臺北市國民中學教室走察與學校組織合作關係之研究**〔未出版之碩士論文〕（頁 127），王曉梅，2016，臺北市立大學。

*** $p < .001$.

範例6 *t* 考驗分析表

表 5-5

不同任教學校類別國高中教師之獨立樣本 *t* 考驗分析摘要

依變項（構面）	國中		高中		*t* 值（*p* 值）
	平均數	標準差	平均數	標準差	
實施成效	3.08	.753	2.93	.936	2.928*
面臨問題	3.24	.767	3.28	.956	-.792
未來建議	3.43	.625	3.55	.688	-3.107*

註：引自**高級中等學校免試入學制度實施成效及未來改進之研究**（頁 100），吳清山、王令宜、林雍智、陳大魁、張永傑、張佳絨，2017，科技部人文司補助研究計畫。

* $p < .05$.

範例7 變異數分析摘要表

表 5-6 為國內學者簡馨瑩刊登於外國期刊的研究報告，由於使用英文撰寫，因此儘管內容已譯為中文，在引用其資料來源時，仍應使用英文格式呈現。

表 5-6

口語理解能力之前測與調整後之後測平均得分（*M*）與標準差（*SDs*）變異數分析摘要表

測驗題目（題數）	前測			後測			F	p	η^2
	實驗 1 (n = 18)	實驗 2 (n = 18)	控制組 (n = 17)	實驗 1 (n = 18)	實驗 2 (n = 18)	控制組 (n = 17)			
1-1 *CB*[1] 接收性詞彙 (50)	23.61(4.06)	23.53(4.89)	24.61(4.45)	34.83(3.91)	30.47(5.39)	28.94(5.99)	3.41*	0.04	0.129
1-2 推論理解 (39)	23.39(4.90)	21.65(5.74)	20.66(6.65)	34.88[a] 32.56(4.09)	30.67[a] 27.94(4.37)	28.25[a] 24.72(5.59)	0.33	0.72	0.014
1-3 口語理解 (25)	13.67(2.57)	13.29(1.83)	14.17(2.57)	31.67[a] 21.78(3.15) 21.83[a]	28.07[a] 21.71(2.64) 22.17[a]	25.53[a] 16.67(3.69) 15.06[a]	6.17**	0.004	0.212

註：*CB*[1] 為課程本位，a 為調整後之後測平均數；譯自 “Effects of two teaching strategies on preschoolers’ oral language skills: Repeated read-aloud with question and answer teaching embedded and repeated read-aloud with executive function activities embedded,” by H. -Y. Chien, 2020, *Frontiers in Psychology, 10*(2932), p. 4 (https://doi.org/10.3389/fpsyg.2019.02932).

* $p < .05$, ** $p < .01$.

範例8 迴歸分析摘要表

表 5-7

第二期教師動能迴歸分析

	B	*SE B*	*β*	*t*	*p*
CC_1	0.99	0.13	1.04***	7.83	<.001
$\Delta PL_{1,2}$	0.06	0.12	0.08	0.51	.309
$\Delta AE_{1,2}$	0.61	0.14	0.64***	4.34	<.001

註：CC_1 ＝第一期教師動能；$\Delta PL_{1,2}$ = 第二期校長領導－第一期校長領導；$\Delta AE_{1,2}$ = 第二期行政效能－第一期行政效能；R^2 = .84，n = 17。引自「優質化高中組織動能變化及其影響之縱貫研究」，劉秀嫚、李哲迪、林國楨、鍾蔚起、陳佩英，2019，**教育學刊，52**，103。

***$p < .001$.

範例9 層級分析摘要表

表 5-8

國民小學校長彈性領導各向度之相對權重分配與排序摘要表

向度	權重（%）	排序	
一、人力資本	19.3	3	
二、創新適應	14.3	4	
三、人際溝通	25.7	2	
四、信任合作	29.9	1	
五、積極反應	10.9	5	
		C.R.	0.018
		C.I.	0.02
		λ max	5.08

Inconsistency = 0.02
with 0 missing judgments.

註：引自**國民小學校長彈性領導指標建構之研究**〔未出版之碩士論文〕（頁 105），劉彥廷，2020，臺北市立大學。

範例10 結構方程模式適配度指標比較表

表 5-9

模型適配度指標檢定摘要表

	檢定項目	理想值	指標值	適配檢定
絕對適配檢定	χ^2	越小越好	306.132	否
	χ^2/df	< 5	4.938	是
	GFI	> .90	.936	是
	AGFI	> .90	.907	是
	RMR	< .80	.027	是
	SRMR	< .05	.038	是
	RMSEA	< .08	.075	是
相對適配指標	NFI	> .90	.950	是
	RFI	> .90	.937	是
	IFI	> .90	.960	是
	TLI	> .90	.949	是
	CFI	> .90	.960	是
精簡適配指標	PGFI	> .50	.638	是
	PNFI	> .50	.755	是
	PCFI	> .50	.763	是

註：引自**國民小學校長學習領導與學生學習成效關係之研究——以個性化學習為中介變項**〔未出版之博士論文〕（頁 215），陳建志，2019，臺北市立大學。

第三節　製作圖形

圖形在學術文章中是用來顯示資料的趨勢，以增進讀者理解之用的，也就是說，圖形是一種寫作者和讀者的溝通橋梁。不過因為製作圖形較為費工，所以寫作者在製作圖形上，要把握「簡明」、「清楚」、「連續性」的原則，所要呈現的資料，也要有製圖說明的價值才需製作，不要做了圖形、但卻又讓相同資訊一再重複出現。

一個好的圖形具備幾項特徵，例如：「擴充資料的廣度，而不是重複說明資料」、「僅傳達重要的資訊」、「不要出現可能分散視覺注意力的部分」、「容易閱讀——如字體大小適中等」、「易於理解」、「有系統的繪製」與「連續性——如同一篇文章中的圖形使用相同的風格製作等」。

要製作一個好的圖形雖然費時耗力，但在製作上也要注意到「圖片必須足夠清晰」（畫素要足夠）、「線條必須清楚」、「字形要簡單」、「對稱軸要清楚命名」、「圖形中的各種元素要提供說明」等原則。若是投稿或發表的刊物沒有彩色印刷、只使用黑白單色印刷，則在製作圖時也要考慮勿使用淺色系的線條或色塊，以避免單色印刷後圖形模糊不清，不易辨識。

圖形的種類繁多，在學術文章的寫作上應視需要而製作，並且只有掌握了製作圖形的原則，才可以使圖形發揮功效，讓文章更為鮮明，並幫助文章傳達訊息。以下概述製作圖形應遵循的相關事項。

壹、圖形的組成元件與格式

文章中任何非「表」的可視顯示，都應該被視為圖形處理。圖形的組成，包含了標題、內容與註記等各種元件。不論是製作哪些圖形，在圖形的結構中應有以下這些元件：

1. 圖的標號（number）。
2. 圖的名稱（簡稱圖名，title）。
3. 圖片（image）。
4. 圖例（legend）。
5. 圖的註記（notes）。

上述這些元件，決定了圖形的結構。在製作圖形時，也應該遵循每一個元件的格式。這些格式大部分通用於中文與英文的圖形上，只有部分因為語言文法與語用習慣的不同，需做彈性處理（如圖名中文以**粗體**呈現、英文以*斜體*呈現）。以下，依序說明五項圖形元件的格式原則。

一、圖的標號與名稱的格式原則

圖形的標號與名稱的格式，有以下原則：

1. 標號和名稱置於圖片上方，分兩行說明，第一行為標號，第二行為圖名。
2. 標號的寫法，中文為「圖一」、「圖 1」或「圖 1-1」，英文為「**Figure 1**」、「**Figure 1.1**」。中文的圖形標號比照表格標號，不需要以粗體字呈現，靠左對齊，至於英文的標號應以**粗體**呈現，也是靠左對齊。

   國內部分期刊在第七版中文標號的詮釋上，亦有比照英文格式，將中文的圖標號以粗體呈現的用法。但不論是否要以粗體字呈現，同一篇文章中的表和圖的標號和標題的字體用法仍應一致。
3. 圖名的寫法，中文需以**粗體**呈現，英文則以*斜體*呈現。圖名在撰寫上，應盡量簡短並能表達出圖形的重點。圖形的標號與名稱的寫法範例，如圖 5-5 所示。
4. 英文的圖名，在行距上應設定為「2 倍行高」；中文圖名之行距設定，則以可清楚看出標號和圖名之區隔為原則。

二、圖片的格式原則

在製作圖片時應遵照的格式原則如下：

圖 5-5

圖的標號與名稱

中文

圖 1

複式班級中移動教學之「L」型教學型態

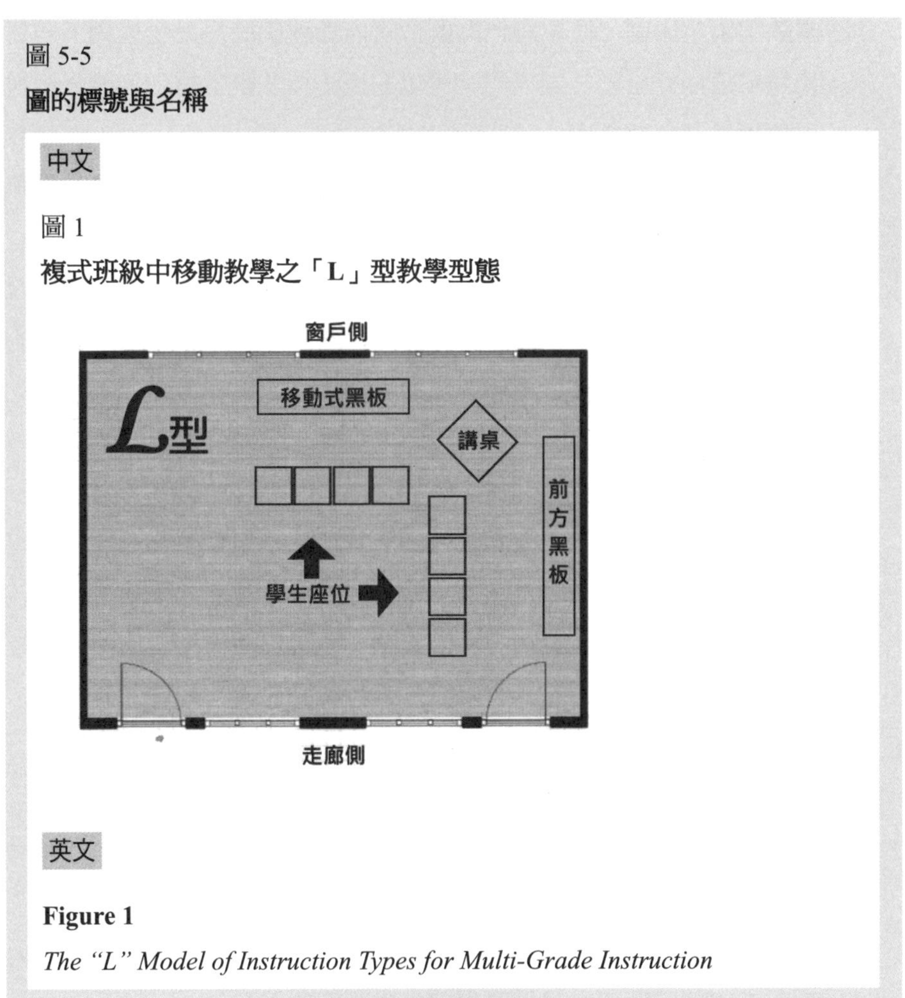

英文

Figure 1

The "L" Model of Instruction Types for Multi-Grade Instruction

1. 圖片的辨識率要足夠。清楚的圖形有利於刊物的排版與印刷，也可讓讀者清楚分辨圖形細節。
2. 為使圖片的尺寸與內容各元件清楚顯示，字型上可以使用 Sans serif 系列的字型（見第二章字型說明）。字體大小應介於 8 號字到 14 號字之間（亦即勿小於 8 號字，也勿大於 14 號字）。

3. 需凸顯圖形要陳述的重點部分，例如以粗體呈現。
4. 除非要凸顯圖形的重點，否則考量到學術文章的出版因成本考量較常採用單色印刷，使用彩色的圖形可能導致印刷後產生模糊。若要使用黑色以外色彩，則以同時可以在電子檔及紙本檔中皆能分辨與黑色相異之色彩為佳。
5. 每一個圖形以不超過一頁為原則。其在製作時的尺寸若不符投稿單位的頁面，應等比例縮放至規定之頁面尺寸。
6. 兩個以上相似圖形（例如圖片與尺度相同、但解釋不同資訊）的尺寸大小應該要相同，亦可將其合併為一個圖形，使讀者可以清楚的在該合併圖形中比較各圖片資訊的異同。

三、圖例的格式原則

「圖例」的英文可稱為 legend 或 key，其功用是用來解釋圖片中出現的符號、線條、陰影與模式。如 p. 150 範例 11 的趨勢圖，該圖使用顏色深淺不一的線條做為圖例，說明「一般大學」、「科技大學」與「大學總計」在不同年度參與教師多元升等試辦計畫校數的變遷。圖例在使用上，概有以下原則：

1. 圖例是整個圖形一個必要部分，所以在使用圖例時，文字的字型、大小比例要和整個圖形的其他部分一致。
2. 圖形中有符號、線條、陰影需要詳細說明時，才使用圖例說明。
3. 圖例的位置應置於圖片中或圖片下方，但勿使圖例和圖片分開太遠，以致圖例周圍出現太多空白（變成圖中有圖）。

四、註記的格式原則

圖形的註記功能和表格相同，係為將一些需要對讀者解釋或澄清的資訊列於圖形下方，以做為說明的圖形元件。圖形的註記也包含了「一般性註記」、「特別註記」與「機率註記」三種。「一般性註記」用來解釋在圖例或圖形其他部分尚未解釋的數據、符號或縮寫。其次，若圖形中有使用到彩色、陰影或其他較特殊的設計，也須在此說明。再者，一般性註記也用於說明圖形使用之縮寫與該圖片的資料來源（若圖引自其他文獻處）。在一般性註記中，中文使用「**註：**」，英文則經常使用「*Note.*」。若有引用資料時，需標出資料的出處。中文使用「引自」、「出自」或「取自」，英文則使用「From」或「Adapted from」（不必加斜體）標示出處。

「特別註記」使用於圖形中特別需標註出註記的元件，如特別將該元件標註 *p* 值時；如果整個圖形中有標示出統計數值的顯著程度，則需再以「機率註記」方式說明，其格式原則與表格相同。

需加以注意的是，註記的使用要有一致性，也就是註記使用的符號或縮寫必須符合該圖的圖例、圖片或其他圖形中的符號或縮寫。

貳、圖形的資料來源格式

圖形的資料來源格式與表格相同。使用上可參考本章表格部分，區分期刊類、書籍類與編輯書輯中之章節等類別撰寫。若參考之圖形有版權或需取得原著作者同意，則需在所列出之參考來源最後方寫出版權資訊。

參、圖形的各種範例

在學術文章的寫作中，根據主題的屬性（如量化、質性或混合研究）與資料內容之不同，可以製作出非常多樣的圖形種類，且同一類型的圖形還可進行若干變化。因此，在製作圖形前，可以先行參考已發表在刊物或書籍上之各種圖形範例，做為製作圖形之參考。以下，簡單依據圖形的種類，如圖形（graphs）、圖表（charts）、繪圖（drawings）、地圖（maps）、描點繪圖（plots）、照片（photographs）之類別列舉幾種較常見到的圖形範例，做為寫作者製作圖形上之參考，但應注意本書為使讀者清楚辨明各種圖形，特別加上灰色網底。實際上製作圖形時，不需另加網底。

範例11 趨勢圖（graph 式圖形）

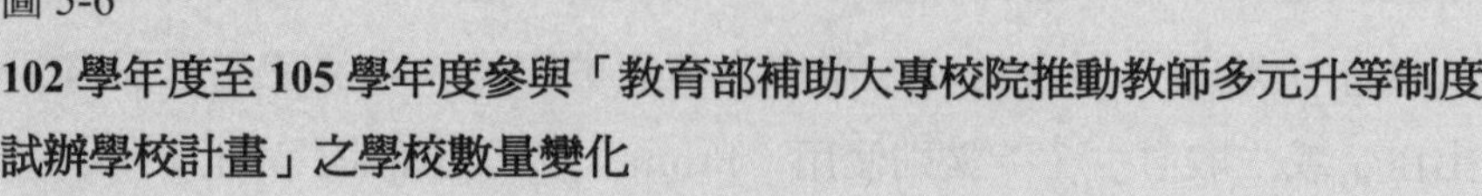

圖 5-6

102 學年度至 105 學年度參與「教育部補助大專校院推動教師多元升等制度試辦學校計畫」之學校數量變化

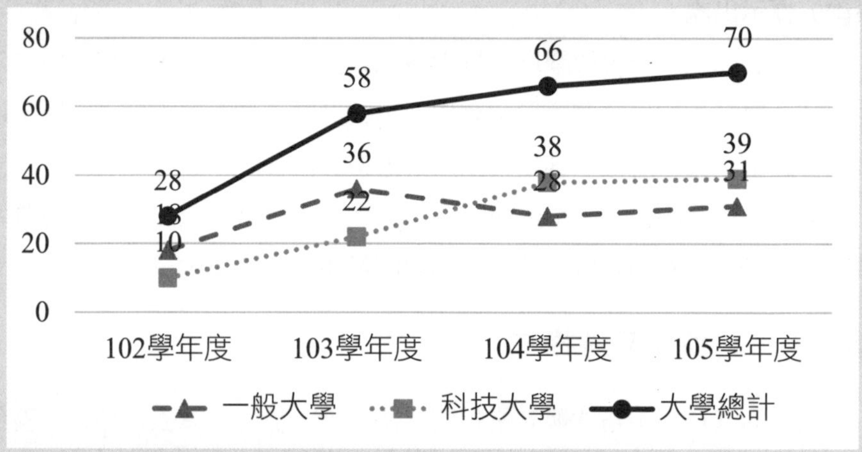

註：引自**大學教師多元升等政策評估之研究**〔未出版之博士論文〕（頁 25），張堯雯，2019，臺北市立大學。

範例12 泡泡圖（graph 式圖形）

圖 5-7

少子化時代下臺中市明星小學和非明星小學的招生落差

臺中市區小學學生數與5年前相比增減

每個圓圈代表一間小學，圓圈大小代表104年度學生數

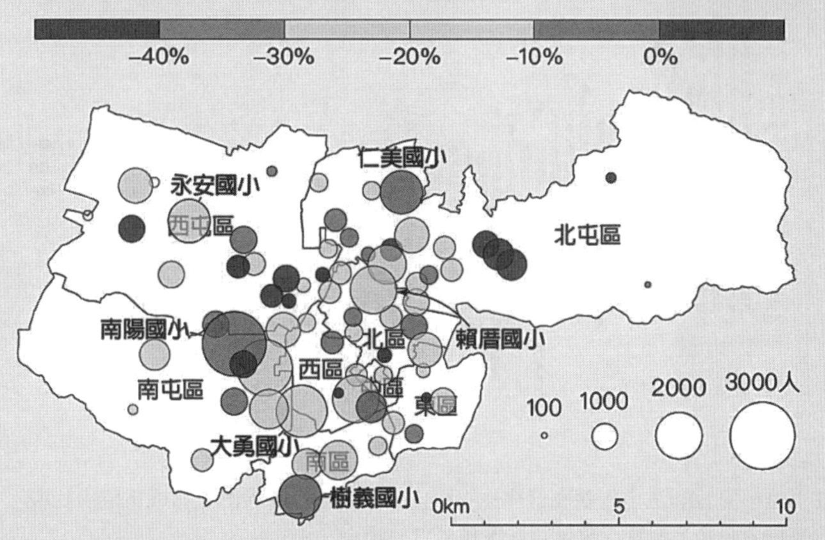

註：臺中市北區、西區和中區等區有比較多的遞減圓圈，北屯、西屯和南屯等郊區的遞增圓圈較多，反映了近幾年來人口遷移的狀況；引自**少子化加劇小學教育資源落差？11 張圖看六都明星小學和非明星小學的招生落差**，The News Lens 關鍵評論，2016 年 5 月 17 日（https://www.thenewslens.com/article/29269）。

範例13 長條圖（graph 式圖形）

圖 5-8

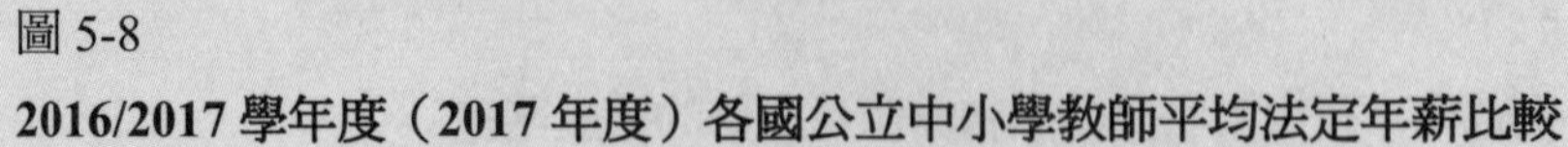
2016/2017 學年度（2017 年度）各國公立中小學教師平均法定年薪比較

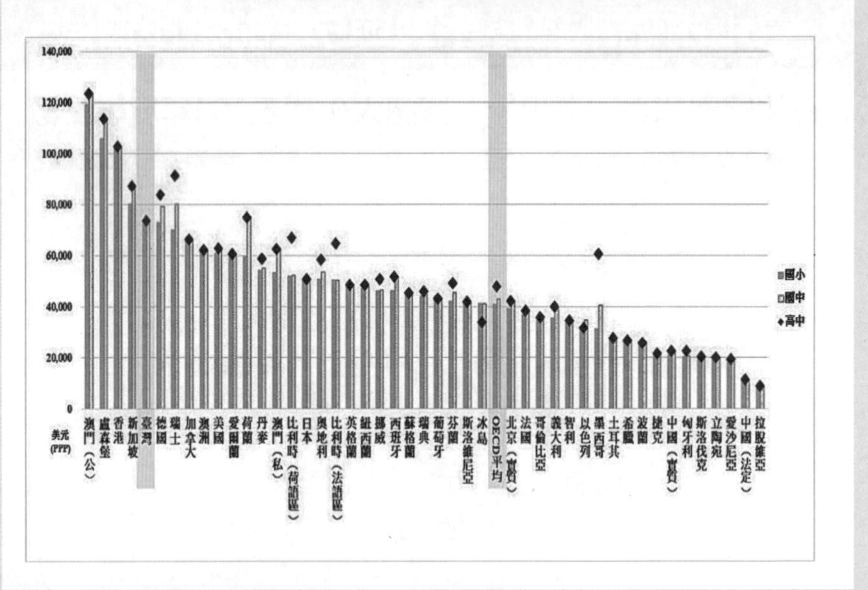

註：依小學教師法定年薪高低序排；引自「公立中小學教師人事成本國際比較」，張熒書，2020，**教育行政與評鑑學刊，27**，頁 68。

範例14 關係架構圖（chart 式圖形）

本範例為引用會議報告類文獻之圖形。

圖 5-9

學校願景與課程經營

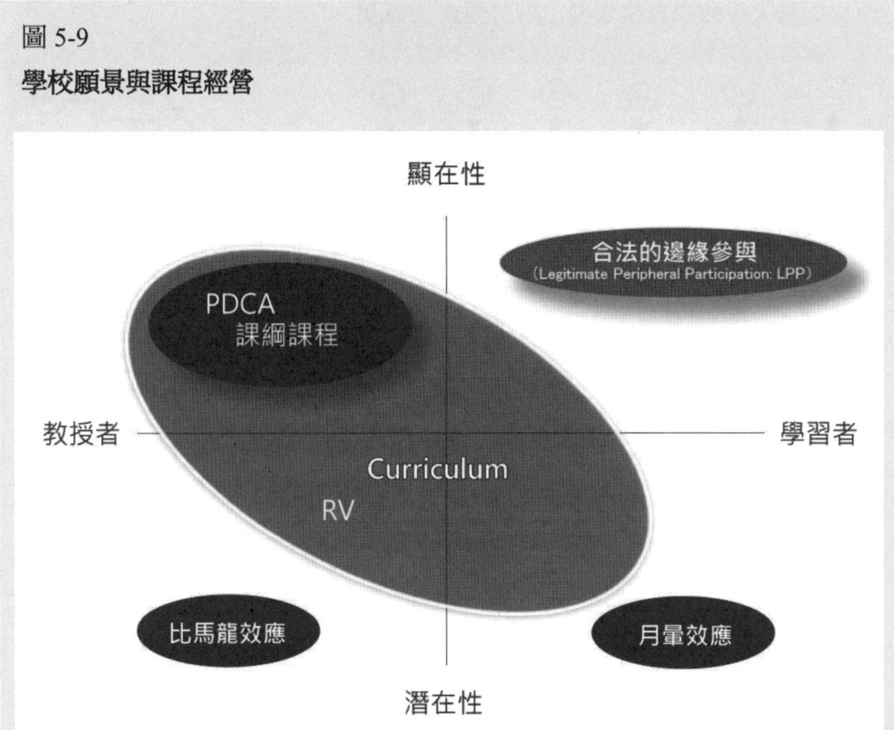

註：引自**學校經營的戰略與戰術**〔主題演講〕（頁 8），篠原清昭，2017 年 12 月 12 日，臺北市立大學教育與行政評鑑研究所臺日校長專業發展論壇，臺北市。

範例15 關係模式圖（chart 式圖形）

圖 5-10

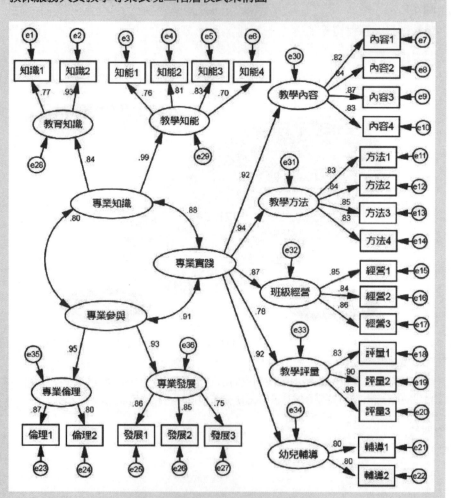

教保服務人員教學專業表現二階層模式架構圖

註：χ^2 = 1210.955 (*p* =. 000)；f = 313；GFI = .899；AGFI = .877、RMSEA = .058；CN = 251.000；引自「教保服務人員教學專業表現量表編製研究」，孫良誠，2019，**教育行政與評鑑學刊**，**25**，頁 51。

範例16 關係模式圖（chart 式圖形）

圖 5-11

校長導入方案成效雙模網絡圖

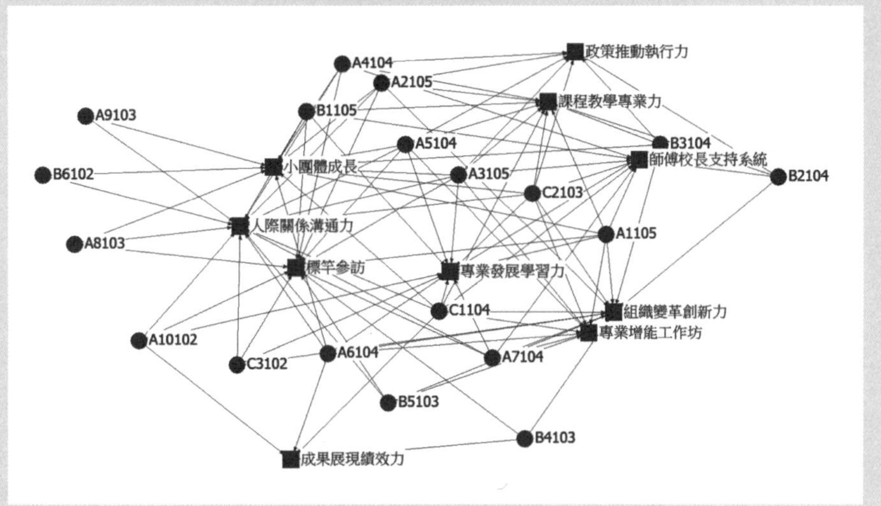

註：引自「社會網絡分析應用在初任校長導入方案對校長專業發展成效分析之研究」，黃旭鈞、陳建志，2019，**教育與心理研究，42**（2），頁 44。

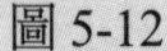

範例17 描點繪圖（plots 式圖形）

圖 5-12

標準化殘差

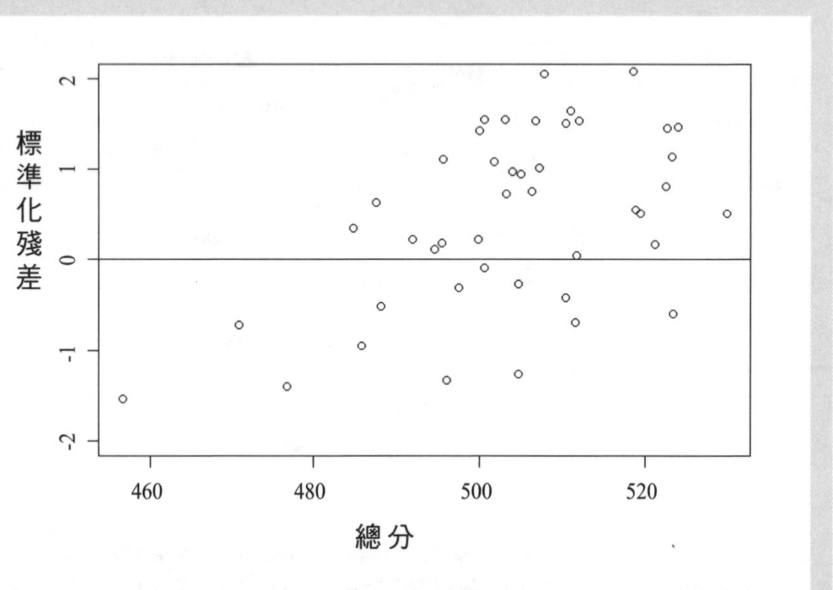

註：引自 **R 語言：一元線性回歸**，ITREAD[01]，2017 年 6 月 4 日（https://www.itread01.com/content/1496570288.html）。

範例18 解釋概念的插畫（drawing 式圖形）

圖 5-13

制度與政策之關係

1. 制度像一個由各項政策所抬起的彈簧跳台，各項政策支撐得好，制度就跳得高、穩定。

2. 倘若其中有一個政策手酸沒力了，就會導致跳台失去平衡，讓制度可能產生傾斜（失腳），此時，亟需再找一隻「政策兔」上場救援～

註：引自**教育制度與學校制度**〔附圖〕，林雍智，2020 年 7 月 1 日，Facebook（https://www.facebook.com/satoru.lin.tw/posts/3426698217383085）。

範例19 地圖（map 式圖形）

圖 5-14 所示資料，為以英文撰稿時所呈現的地圖式圖形。因此，在標號、名稱及註解處應使用全英文進行說明。

Figure 5-14

Cumulative Cases of COVID-19 Disease around the US

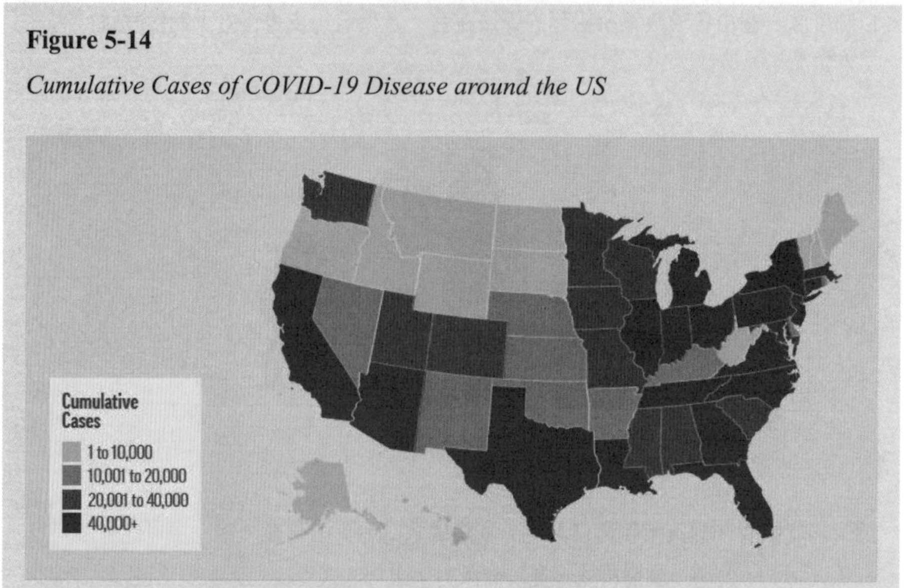

Note. From "*Interactive: Map of coronavirus cases around the US,*" by Info Center, The Lima News, 2020 (https://www.limaohio.com/infocenter/416353/interactive-map-coronavirus-cases-across-us). Copyright 2020 by The Lima News.

範例20 照片（photograph 式圖形）

將照片做為圖形經常出現於教學觀察、實驗觀察等場合，使用照片時需注意到人物照的肖像權，例如照片上若有照到學生時需取得學生家長同意才能使用，或是出現學生時能夠「去識別化」（未照到臉部或模糊到不足以辨識）。

圖 5-15

跨年級教學觀課會議：國小跨年級教學

註：上圖為新北市某國小低年級數學科合班教學模式跨年級教學。學生座椅採ㄇ字型排列、以異質性分組分為兩組。教師協同模式採一主教、一協助教學進行，必要時到各組對學生進行「直接指導」。下圖為苗栗縣某國小高年級體育課跨年級教學。學生採異質性分組互相進行觀察與評量，以藉由鷹架作用提升學生的學習達成度。

第 6 章

數字與統計符號

數字是論文寫作中不可或缺的元件，統計符號則是實證性文章會出現的資料。因此，在數字與統計符號上，亦需遵循格式規定。

本章主旨在於協助讀者重新瀏覽一次數字與統計符號的格式規範，提高文章的正確性和嚴謹性。

本章的重點有：

一、數字（含一般數字、小數點與統計中數字）的格式與使用原則

二、統計符號（含統計符號與統計公式）的格式與使用原則

第一節　緒論

在撰寫學術文章中，必然會有需要使用數字呈現資料的時機，例如條列、數量、解釋統計結果時，「數字」都會派上用場。文章中提到數字時，依照使用的狀況及數字（數量）的大小，有時候需要使用文字呈現，有時候則需要使用數字呈現。因此，寫作者需要瞭解寫作格式中使用文字或數字的時機，以及數字的正確用法。其次，撰寫實證性的文章或研究報告時，也需要使用到許多數字與統計符號。數字在統計結果中，亦有相關的使用原則。本章重點，即在於介紹 APA 格式對學術文章中的數字與統計符號的格式原則。以下，分為「數字」與「統計符號」二部分說明其格式與使用原則。

第二節　數字的格式與使用原則

「數字」的格式包含了一般數字、小數點與統計中數字的格式三種。

壹、一般數字

一般數字的格式與使用原則如下：

1. 數量在 10 以內的數，通常使用文字呈現；10 以上的數，則使用數字呈現，例如：「左三年、右三年，這一生見面有幾天？」、「國小一個班級規模為 30 個學生」；但仍有少部分例外，如以下的專有名詞，就應該以文字呈現，例如：「十二年國民基本教育」、「京都的三十三間堂」。
2. 呈現數學算式、統計結果、測量結果的數，以「數字」呈現。
3. 表示時間、日期、年齡、得分、點數、金錢、頁數等，以「數字」呈現。

4. 編號序列中的位置，以「數字」呈現。
5. 英文文章的章節，以「數字」呈現，但中文文章的章節，亦可使用「文字」呈現。
6. 表和圖的編號，以「數字」呈現。
7. 在三位數以上的整數（千位數字），每三位數字用逗號隔開。例如：1,000、23,000,000 人等。
8. 數量、次序在 1～9 之間者，使用「文字」呈現。
9. 句子、標題或標題開頭的數，使用「文字」呈現。
10. 普遍被接受的語詞或是成語，使用「文字」呈現。例如：黃道十二宮、十誡、三教九流。
11. 羅馬字不必譯為數字，使用「文字」呈現即可。例如：第 II 部分、統計上的第二類型錯誤（Type II error）。
12. 如果某「數」包含了數字與文字兩部分，可以一併呈現。例如：使用二個 5 點量表、十年級（10th grades）等。

以上數字的格式與使用原則，大部分通用於中文與英文寫作上，如有例外者，也可參照現行普遍的用法撰寫。上述數字的格式與使用原則，可參考表 6-1 所示。

貳、小數點

小數點的格式與使用原則如下：

1. 數字若小於 1，一般情形下小數點之前要加 0。例如：0.24、0.31415 等。
2. 某些特定的數字，如比率、機率與統計上的係數（相關性、顯著水準）等，若不可能大於 1，則不必加上小數點之前的 0，例如：p = .002 等。此時在撰寫上，小數點前應加上一個空格，隨後再加上數字，例如：.024。
3. 使用小數點要能準確的反應其數值，如果小數點後的前幾位數字都

表 6-1

數字使用原則

使用數字	使用文字
10 及 10 以上的數字，使用阿拉伯數字	數量、次序在 1～9 之間者，使用文字（例如：分為五組、第七版）
用於呈現統計的結果（例如：2×2 設計、3.72……）	以句子，標題或標題開頭的數字（例如：一百名志工）
與測量單位一起使用的數字（例如：5 毫克劑量）	常見的分數（例如：五分之一、四分之一以上）
時間（1 小時 20 分，1hr 20 min）、年齡、日期（例如：2020 年 4 月 25 日）	羅馬字（例如：II、IV）
量表上的分數、點數（如李克特 5 點量表、180 點教師換證點數）	普遍被接受的語詞（例如黃道十二宮、十誡）
金錢（額）	
用作數字的數字（例如：圖表上的數字 2 代表……）	
表示編號序列中之位置的數字（例如：第 6 級、第 2 項、第 7 行）	
英文書中的一部分（例如：第 1 章）	
表和圖的編號（例如：表 2）	

註：有時候在提到數字時亦有數字加文字一併呈現的情形，如：使用二個 5 點量表。

相同，只取相同位數的小數，是無法反映數字的差異的，此時需要完整呈現小數點後的位數。

4. 根據統計資訊的不同，有些數值需要寫到小數點後一位（例如：平均數、標準差），有些則需要寫到小數點後兩位，例如：相關性、比例和 t 值、F 值、χ^2（卡方值）。
5. 報告精確的 p 值為二位或三位小數，例如 p = .11。但 p 值若比

.001 小，需寫成 $p < .001$。不過，說明 p 值的臨界值時，需沿用 $p < .05$ 或 $p < .01$ 或 $p < .001$。

以上數字的格式與使用原則，大部分在中文與英文的學術寫作上都適用。上述小數點的格式與使用原則，可參考表 6-2 所示。

表 6-2

小數點使用原則

	使用原則
1	當數字小於 1 但統計量可能超過 1 時，在小數點前的零不可省略
2	當統計數值不可能大於 1 時（例如：比例、相關性、統計顯著水準）時，小數點前不需加零
3	根據統計數據的原則，需寫到小數點後一位、二位或三位時（例如：平均數、標準差至小數點後一位、相關性、比例和 t 值、F 值、卡方值的報告至小數點後二位）
4	報告精確的 p 值為二位或三位小數（例如：$p = .001$，$p = .05$，但 p 值若比 .001 小，需寫成 $p < .001$）

參、統計中數字

統計結果中的數字使用原則，如表 6-3 所述。在使用上，還要注意下述幾項原則：

1. 一般而言，小數點的前面應該加 0，讓數字完整呈現。當統計量可能超過 1 時，小數點的前面應該加 0，例如：$F(1.27) = .041$。不過，當統計量不可能超過 1 時，小數點的前面就不需要加 0，例如：$r(24) = .26$。
2. 需呈現統計數據的數字在 3 個以內時，可以在內文中以句子方式呈現；若呈現的數字在 4～20 個之間，可製作「表格」呈現；若呈現的數字超過 20 個，需以「圖形」方式呈現。

表 6-3

統計結果中的數字與符號使用原則

	使用原則
1	勿在內文和表格或圖形中，重複統計資訊
2	必須在表格中報告精確的 p 值（例如：$p = .015$），p 值若小於 .001 時寫成 $p < .001$，未達顯著水準時寫成「ns」
3	在數學運算符號前後放置一個空格（例如：減號、加號、大於、小於）
4	對於負數，僅在負號前加一個空格，不必在數字後空格（例如： -8.25）
5	統計上，使用符號或縮寫加數字呈現（例如：$M = 7.2$）
6	使用完整的名詞，而不是符號來表示內文中的統計資訊（例如：平均數是……）
7	使用斜體表示大多數的統計符號（例如：*M*、*p*……）。但遇希臘字母則不使用斜體（例如：θ、Ω……）
8	一般性的統計符號或縮寫以及由希臘字母組成的符號或縮寫，不必定義（例如：*M*、*SD*、*F*、*t*、*df*、*p*、*N*、*n*、*OR*）
9	對特定的統計縮寫，需進行定義（例如：ANOVA、BIC、CFA、CI、NFI、RMSEA、SEM……）

第三節　統計符號格式與使用原則

「統計」符號格式包含統計符號與統計（數學）公式，以下簡單說明。

壹、統計符號

統計符號的格式與使用原則，如表 6-3 所述。統計符號在內文中的「敘述性引用」上，要使用句子方式呈現，例如：「……平均數為

3.5」，而不是「……的 M = 3.5」，在「括號內引用」及呈現數學上結果時，要使用「（M = 3.5）」，而非「（平均數 = 3.5）」。

統計符號使用的字體，共有三種。一是標準字體，即不加粗體也不加斜體的原字體；第二是斜體字；第三是粗體字。一般的統計符號均用斜體呈現；統計縮寫（例如：ANOVA 等）與希臘字母（例如：α、β、χ），使用標準字體呈現。至於向量、矩陣的符號，需以粗體呈現，另外數學符號，如 Σ、V 也應使用粗體字。

統計符號的使用原則除表 6-3 與上述說明外，還應遵循以下幾項原則，以及各種統計符號或縮寫本身的使用規範（例如：使用 N 做為母群體，使用 n 做為樣本數）：

1. 主要統計符號不必在句子中特別為其定義。只有特殊的統計符號需要特別定義。
2. 如果是非傳統的統計方式、有爭議的統計方式，或是該撰寫的文章重點在於介紹或說明統計符號，此時就需要特別定義統計符號。
3. 呈現統計結果時，都會大量使用到統計的符號，這些符號大部分也都以縮寫方式呈現（例如：平均數的縮寫為 M、標準差的縮寫為 SD），在呈現縮寫時，不需要再去定義該縮寫。
4. 有希臘字母的統計符號，也不需要特別去定義該符號。
5. 特定的統計縮寫（如表 6-3 的第 9 項），不適用上述規定，在提到時仍需進行定義。

再者，需注意到的是，在文章中使用統計數據時，也應該讓讀者能夠根據這些數據，判讀統計結果的意義。例如在呈現推論統計的數據上，需要標明自由度（df 值），在統計顯著性上應標示的數據，則有 p 值、統計考驗力與信賴區間（CI），寫作者應該根據統計的類型，提供充足的數據（例如：階層回歸分析，要標示 R 值、F 值、p 值與信賴區間）。

貳、統計公式

統計公式（方程式）或是數學公式在使用上，應該遵循以下原則：

1. 在文章之中，統計公式不需要特別做說明。如果該統計公式是新的或是稀有、不常見的，又或是該文章的重點在於介紹或說明該統計公式者，才需要特別加註說明。
2. 簡短的、簡單的統計公式，可以在文章內文的段落中直接說明，不必再開新段落說明。例如：$(x+y)^2=x^2+2xy+y^2$
3. 統計與數學公式的括號使用順序，首先為「( )」，其次為在 ( ) 的外面（兩側）加上 [ ]，成為 [( )]，再其次為再加上 { }，成為 {[( )]}。
4. 較複雜的公式，要以正確的方式呈現，即位置、公式應該有的符號皆要出現，因此，需開一新段落呈現，例如：

$$x=\frac{-b\pm\sqrt{b^2-4ac}}{2a}$$

5. 文章完成後，應檢視列印模式中該公式能否正確、完整呈現。若有困難（例如某些符號印表機不支援等），則應該將其公式轉為圖片，再將圖片插入內文中，改以圖片方式呈現，如下例的標準差公式，即為以圖片方式置入之公式。

$$\mathrm{SD}=\sqrt{\frac{1}{N}\sum_{\mathrm{i}=1}^{N}(x_i-\mu)^2}$$

第 7 章

學生報告與其他常用格式

APA 格式將文章結構分為「專業文章」與「學生報告」兩種。本書第二至第六章所介紹的 APA 格式原則，係以「專業文章」為範本進行之探討。本章則說明「學生報告」與其他在論文寫作上常用的 APA 格式規定。

本章有以下重點：

一、學生報告的格式

包含課堂報告、畢業論文、碩士論文及博士論文的格式與結構

二、其他在論文寫作上常用的格式

包含頁首小標題、中英文標題層級、頁碼、字型與字體、行距邊界、文章長度等規定

本章說明的學生報告的格式與其他格式上規定，屬於一般性的規定。如遇到系所或出版單位有特別的規定，則寫作上需依照其規定撰寫。

第一節　緒論

APA 格式所定義的文章類型，共計包含「量化文章」、「質性文章」、「混合方法文章」、「複製性文章」、「量化或質性的後設分析文章」、「文獻分析文章」、「理論型文章」、「方法論文章」、「簡要報告型文章」、「評論」、「回覆已發表文章」、「書評」、「寫給編輯者文章」等多種類型，這些不同類型的文章在內容安排上雖因類型的需求而有差異，但寫作的格式則大致相同。

APA 格式第七版將文章結構分為「專業文章」與「學生報告」二種，在「專業文章」部分，本書各章已有系統的介紹了應注意的格式和結構，寫作者在撰寫「專業文章」時可以參考本書各章之說明，使學術寫作更為嚴謹。至於「學生報告」部分，APA 格式對其規範較為寬鬆，學生報告的撰寫原則主要依照指導老師、系所單位或學術機構的規定撰寫，但由於學生報告在完成繳交後，未來仍有進一步改寫、投稿至各刊物的機會，因此也建議能夠按照 APA 格式的精神撰寫。

由於上述理由，本章茲簡介於本書中較少提及、但也可依循 APA 格式進行寫作的「學生報告」部分，再說明一些在 APA 格式的規範中應注意到的其他常用格式做為寫作者之參考，使學術寫作能更完整。

第二節　學生報告

「學生報告」在《APA 出版手冊第七版》中被定為「專業文章」以外的另一種文章結構。學生報告其實是一個總稱，其內涵包括「一般的學生課堂報告或畢業論文」、「碩士論文與博士論文」二大種類。當然，學生所提出的報告，在類型上皆可以是任一種本章上述的文章類型，例如「量化文章」或「文獻分析文章」等。學生在撰寫報告時，除了可參考

APA 格式對「專業文章」的格式要求撰寫外，最重要的仍然是要以學生所專攻學門之特別規定為優先適用之格式。以下，簡述三種類的學生報告與撰寫要領。

壹、一般的學生課堂報告或畢業論文

此處所指之一般學生的課堂報告或畢業論文，意為大學階段學生所提出的報告。目前，國內的大部分大學雖不要求學生在大學畢業前，也需繳交類似研究所階段的文字版畢業報告（部分學院仍有規定繳交作品做為畢業條件），但部分學生仍有參與科學研究，因此也需繳交學術報告，另外日本的大學目前尚仍維持大學生在畢業前撰寫畢業報告（日文：卒業論文）的規定。

學生課堂報告的種類／文體，依 APA 格式之界定，大致包含「帶有註釋的參考文獻」、「論述因果關係的論文」、「比較性論文」、「說明文」、「敘述式論文」、「論說文」、「概要式文章」與「回應式的論文」數種。其中，「帶有註釋的參考文獻」（annotated bibliographies）是指在英文寫作中常被要求寫的一種文體，它在中文寫作環境中較不常見。大致上這種文體會寫出包含書籍、文章或其他參考文獻的列表，每一個在引用後加註一段約 150 字左右的話對此來源進行簡單的描述、總結和評論。

「概要式文章」（précis）語源來自法語，其意為「切為簡短的……」。這種文體是令學生撰寫一段簡短的文字，且僅敘述重要部分即可。

以上這些學生的課堂報告在撰寫時，皆應遵循指導老師或學術單位的特別要求進行撰寫，但畢業論文的撰寫原則，則準用下述的「碩士論文與博士論文」，或是「專業文章」的寫作規定。

貳、碩士論文與博士論文

授予研究生碩士學位與博士學位的大學系所或學院，皆會對碩士論文與博士論文的撰寫訂定格式準則，供研究生在撰寫論文時做為指引。而大學生進行／參與研究之後所提交的畢業論文，亦需遵照學術單位的規定撰寫，在格式上乃與碩、博士論文有相同的規範。

碩、博士論文由於是申請學位的必要條件，所以在論文的「量」上，會比「專業文章」的要求更多，例如頁數方面，會明白／不成文的要求至少需在 100 頁以上，文獻探討中討論的相關文獻也要夠多，文後的參考文獻列表亦要詳盡……，另外也有學術單位要求學位論文必須由幾個短篇的相關文章所組成。還有，不同學門、不同國家對學位論文的格式尚有異於美國的主流格式之規定。例如，日本的學位論文之章節就規定要由「序章」、「第一章」……「第五章」、「終章」、「參考文獻」、「附錄」組成，其結構就與我國的「第一章緒論」、「第二章文獻探討」……「第五章結論與建議」之結構有所不同。總之，同樣適用於 APA 格式的學位論文，其首要遵循者，乃為系所與學院之規定，其次才是 APA 格式（當然，現代的各系所與學術單位也會要求內文之引用與參考文獻、註記等，必須按照 APA 格式之規定，且 APA 也鼓勵學位論文採 APA 格式撰寫）。

我國的學位論文，在結構上可以分為前頁、本文、附錄、參考文獻等四部分，附錄與參考文獻之順序亦可以對調。國內教育學門的相關大學系所或學院對於以下說明的碩、博士論文各部分結構之稱呼，可能稍有差異，但是差異並不多。最正確的使用文字與格式，仍應遵照系所或學院之規定撰寫。國內的學位論文格式包含如下：

一、前頁

前頁可以包括封面、版權頁（授權頁）、學位考試之口試委員簽名頁、謝詞、目次、表次、圖次與摘要（中英文摘要），且表次一定在圖次之前。前頁部分的編頁方式可以用羅馬數字小寫進行編頁，但記得每頁都要有頁碼。前頁的格式，如封面紙張的顏色、標題字體大小、標題是否加註英文、指導教授欄的位置等，皆應遵照系所及學院之規定撰寫。

二、本文

本文包含緒論、文獻探討、研究設計與實施、結果與討論、結論與建議等部分，基本上係分為各章進行詳細之敘述，若系所或學院對於「各章構成」有特別之規定，則從其規定。本文在編頁上以阿拉伯數字編頁，亦是每一頁皆必須有頁碼。

三、參考文獻

參考文獻是內文中所引用過文獻之清單註記。參考文獻可以依照中文、外文的順序分開排列，但和附錄一樣，參考文獻應獨立呈現，但不單獨成章（亦即「參考文獻」兩字之前，不置章的編號）。

四、附錄

附錄是做為本文的補充說明，置入一些放在本文中可能會太冗長，以致影響閱讀流暢度的資料，或是一些研究過程中所得到的補充文件或資料等。附錄不單獨成章、但獨立呈現（亦即「附錄」兩字之前，不置章的編號）。

另外，學位論文在實際撰寫及排版上，也可以參考以下十點作法，讓論文更具可讀性。

1. 每章以及附錄、參考文獻應從奇數頁（右起頁）開始。
2. 可左右對齊，英文可斷字。
3. 每章第一頁上邊界可加大，使更美觀。

4. 可以加頁首小標題，將論文主題置於偶數頁、靠左對齊，再將章名置於奇數頁、靠右對齊。
5. 頁碼可依 APA 格式之規定，置於頁首小標題旁邊。如奇數頁在最右側、偶數頁置於最左側。
6. 內文的行距需統一。
7. 參考文獻可用單行間距。
8. 註解、全文引用等可用單行間距。
9. 章名、主要標題、註解前、圖表前後要雙行距。
10. 中文字型建議用楷書體（如標楷體）或細明體（如新細明體），英文字型則依 APA 格式之建議，使用 Times New Roman、Arial、Calibri 等字型。

第三節　其他常用格式

一份學術文章，在寫作上必須遵照 APA 格式的規定，注意到不同類型文章的結構差異，並有順序的撰寫。文章應有的架構內涵，以及屬於架構一部分的「內文中的文獻引用」，與本文後的「參考文獻」，再加上數字、統計文字的寫法與其他說明等，也已在第二至第六章詳細探討，本章不再贅述。此處要介紹的是在撰寫文章中一些其他常用的 APA 格式，瞭解其他常用的格式之後，寫作者就可以撰寫出一篇具有完整性的學術文章。

壹、學生報告不加頁首小標題

「學生報告」和「專業文章」在格式上最大的差別，除了「學生報告」應依照指導老師、系所或學院的特別格式規定之外，大致上也應按照 APA 格式的原則撰寫。不過，在《APA 出版手冊第七版》中，並不要求「學生報告」也要置入頁首小標題。Hatala（2020）認為 APA 格式規定在「專業文章中」應加入頁首小標題，可能是為了讓專業文章看起來比較「專業」，但其也評論真正原因並無人得知。總之，在應用上，學生報告是否加入頁首小標題，則仍應視指導老師、系所或學院之格式規定而行。

貳、標題層級

文章各結構中的標題撰寫，應視文章的長短與內容的複雜度需求，按照五層級的格式撰寫，第七版格式中的五層級標題撰寫方式，已經更為系統性的簡化了第六版之規定，因此更易書寫。表 7-1 與表 7-2 為中文及英文五層級標題的撰寫原則。中文部分，若有第六層級標題，則可以用「（1）…」的方式書寫。

表 7-1

中文標題層級

層級	格式	範例
一	主要標題：置中、粗體 內文開一個新段落撰寫	**第一節**
二	第二層級標題：靠左對齊、粗體 內文開一個新段落撰寫	**壹、**
三	第三層級標題：縮排 2 字元 內文開一個新段落撰寫	一、
四	第四層級標題：再縮排 2 字元，句後要加上句點 內文接著層級標題同一行撰寫，成為完整的一段	（一）
五	第五層級標題：繼續縮排 2 字元，句後要加上句點 內文接著層級標題同一行撰寫，成為完整的一段	1.

註：中文文獻還可視需要加上第六層級標題，亦即為：（1），其撰寫方式為再從第五層級縮排 2 字元，以此類推。

表 7-2
英文標題層級

Level	Edition Format
1	**Centered, Bold, Title Case Heading** Text begins indented as a new paragraph.
2	**Flush Left, Bold, Title Case Heading** Text begins indented as a new paragraph.
3	***Flush Left, Bold Italic, Title Case Heading*** Text begins indented as a new paragraph.
4	**Indented, Bold, Title Case Heading, Ending With a Period.** Text begins on the same line and continues as a regular paragraph.
5	***Indented, Bold Italic, Title Case Heading, Ending With a Period.*** Text begins on the same line and continues as a regular paragraph.

Note. Adapted from " What's New in the *Publication Manual of the American Psychological Association, Seventh Edition,"* by American Psychological Association, 2019. (https://apastyle.apa.org/instructional-aids/whats-new-7e-guide.pdf). Copyright 2020 by the American Psychological Association.

參、頁碼

APA 格式規定所有的文件都應該包含頁碼，頁碼應置於每一頁的右上方，靠右對齊，每份文章的起始頁碼為 1（頁首小標題則是置於每一頁的左上方，靠左對齊）。《APA 出版手冊第七版》也建議在置入頁碼時，可以善用文書處理軟體的自動編碼功能，不需要用手動方式置入。不過，APA 格式規範的乃為英文的寫作，並未直接規範中文寫作的頁碼位置。在實際的中文文獻中，頁碼還有採用「置中」方式放在頁尾部分的情形。所以，中文環境下的頁碼位置應置於何處，最終仍應視刊物、出版單位或學術機關的規定處理。

肆、字型與字體

有關於學術文章可使用字型與字體的相關敘述，《APA 出版手冊第七版》規定可使用的字體，有 11 號字的「Calibri」、11 號字的「Arial」、10 號字的「Lucida Sans Unicode」，或是 12 號字的「Times New Roman」、11 號字的「Georgia」與 10 號字的「Normal computer modern」。這些字型，由於內建足夠的符號與外字集，因此在撰寫某些特殊的符號、希臘字母上，都可以正確的顯現與列印。

表與圖中使用的字體，可以使用大小在 8～14 號字的字體，至於註解所使用的字體大小，例如 Microsoft Word 文書處理軟體內建的 10 號字大小，亦可被接受。

中文部分，目前最常被接受的字型仍為細明體（例如新細明體）與楷體（例如標楷體），部分刊物在出版時，為求美觀也會使用中明體、粗明體、細黑體、宋體等不同字型。不過，使用上亦要兼顧學術文章中會出現許多特殊符號、拉丁字母、希臘字母與其他外字集的情形，為求正確顯示，寫作者應該選擇含有完整外字集的字型（例如經 Unicode 編碼的字型，或是 Microsoft Word 內建的新細明體與標楷體，就擁有完整的外字集）。

關於文章可用的字型與字體大小，本書在第二章中有更完整的說明，詳細可參閱該章。

伍、行距

《APA 出版手冊第七版》對於文字的行距，亦有概括性的規定。英文的封面、摘要、標題、區塊引用、參考文獻、表和圖、附錄應該使用「2 倍行高」顯示。不過，表格中的內文可以視需要，使用「單行間距」、「1.5 倍行高」或「2 倍行高」呈現；註解部分也可以使用「單行間距」。中文部分，則視刊物、出版單位或學術機構的規定決定行距。

陸、邊界

《APA 出版手冊第七版》規定，每一頁的上、下、左、右四個邊界，應該設定為 1 英寸（2.54 公分）。這個邊界可以在文書處理軟體，例如 Microsoft Word 中調整，並設定為預設邊界。至於「學生報告」，則依所屬單位的特別規定去設定邊界。

目前，中文文章的預設邊界設定，在 Microsoft Word 中是上、下邊界為 2.54 公分；左、右邊界為 3.17 公分，不過個別刊物還有對其他對邊界設定之規定。寫作者在撰稿與投稿時，應遵照刊物之規定設定文章邊界。

柒、文章長度

文章應該撰寫多少字才算合適，係依不同期刊、書籍等類別，由出版商或是學術機關對各類型文章訂立字數規定。計算文章長度的方法，主要可從「文章的頁數」及「文字的字數」兩方式計算。部分刊物由於出版成本的考量，傾向規定寫作者可提交之最高頁數（例如：10 頁）；部分刊物則在投稿規則上限定文章字數（例如：中文原創性文章最高 20,000 字，英文最高 8,000 字）的方式來控管投稿文章之長度。

APA 格式推薦以文章的字數做為計算文章長度的標準，因其鑑於不同的字型所預設的行距不同，因此以字數做為文章長度的計算基準會較為精確。文章長度的計算，也應包含封面頁和參考文獻，從頭到尾計算文章所有使用的字數。

第 8 章

APA 格式第六版與第七版的主要差異

APA 格式由於會定期改版，因此可能會讓已適應舊版格式的學術文章寫作者，在使用上產生混淆的情形。為解決這些問題，本書特別以本章說明 APA 格式第六版與第七版之主要差異，並在需要時於範例中加舉第五版之規定，期能使讀者釐清各版本之差異。

本章重點在於比較 APA 格式第六版和第七版之差異，主要探討以下範圍：

一、新舊版本內文中文獻引用與參考文獻之主要差異

二、新舊版本文章格式的變更

三、新舊版本「使用避免偏見的用語」上的變更

四、新舊版本表與圖製作上的差異

第七版格式相較於舊版，帶來了「格式簡化」與「規範的一致性」等改變，也使得 APA 格式的規範更為充足，讀者可以經由本章所做的比較，更加清楚瞭解新舊版本的變遷。

第一節　緒論

APA 格式在從第五版跨入第六版之後，由於時代的發展，因此格式上已出現許多差異。例如在作者資料處新增列入電子郵件帳號、在本文部分增加了應說明樣本大小與統計考驗力等、在出版商的所在都市後新增美國州名或國名，學位論文的發表學校註記方式、在統計資料中應標示 *p* 值、若有 DOI 必須標示等，都是新增加的規定。不過，APA 格式第六版也有簡化第五版規定之處，例如線上文獻的引用日期，除非該網站不穩定，否則不必寫出資料擷取日期等。

進入第七版格式，這份在各種網路媒體之引用增多、國際交流頻繁的環境下修訂的最新格式，又將第六版格式做了不少變更（包含增修與簡化兩部分），例如第七版格式在使用避免偏見的用語、文獻作者人數多少人以上應該簡略、參考文獻的種類、各種網路媒體的引註等都是其重點增修之部分。其次，它將論文寫作區分為「專業文章」與「學生報告」兩種，它也簡化了第六版的一些規定，例如取消了出版商所在都市名，以及表和圖的標號及主標題位置的統一等。

當寫作者耗費相當時間才熟悉第六版後，又要遵行第七版中不同的規定，在寫作與閱讀上必然會遇到如同當初在第五版和第六版間轉換時的不適應現象，使用新版本時也會發生和舊版本相互混淆的問題。為利寫作者迅速瞭解 APA 格式兩個版本（第六版至第七版）之間的主要差異，本章茲將互有差異的部分進行簡單比較，必要時再多增第五版之規定做三個版本之比較，以利寫作者對照使用。

第二節　內文中的文獻引用與參考文獻之差異

APA 格式第七版對學術寫作上涉及到引用來源時，增添了更多的準則，使來源的引用更為容易，更為清楚。《APA出版手冊第七版》中，對文字作品、數據集、影音媒體與線上媒體四大類，總共舉出114個範例，涵蓋各類別與其中的各個項目。第七版在內文中的文獻引用與參考文獻的撰寫上，與第六版相較，最主要的差異有以下數點。

壹、內文中的文獻引用，若作者為三人以上者，只需要寫出第一位作者之名字，再加上等人（et al.）即可

APA格式第七版簡化了內文中文獻引用的規定，若作者為三人以上者，第一次引用起，便可直接寫「作者1等人」（Author, A. et al.）。

比較：

【第六版】作者三至五人時，第一次所有作者均列出，第二次以後簡化。

【第七版】三人以上的作者，第一次開始便簡化列出，只列第一作者姓名＋等人即可。

貳、參考文獻最多提出20位作者姓名，有第21位作者以上的文獻，需列出1～19名作者以及最後一名作者之姓名

相對於APA格式第六版規定七人以內作者全數列出，八人以上作者僅列出前六人與最後一人（中間要加上「……」），第七版格式將規定放寬至20人。

比較：

【第五版】作者在六人以內作者全數列出，六人以上僅列出前六位，並加上et al.（等人）。

【第六版】作者在七人以內作者全數列出，八人以上僅列出前六人與最後一人，中間要加上「……」。

【第七版】作者在 20 人以內作者全數列出，21 人以上僅列出前 19 人與最後 1 人，中間要加上「……」。

參、出版商所在都市名不再需要在參考文獻中註明

第六版強制要撰寫的出版商所在都市名及州（國）名，到了第七版已經取消加註。在第五版時，部分美國大都市不需要加列出所在州的縮寫，例如出版社在紐約市的，可以直接寫紐約市（New York）就好，不必寫為「紐約市、紐約州」（New York, NY）；美國以外國家的出版社所在地在第五版中也只要寫都市名，如倫敦（London）即可，但到了第六版則需加註國名，成為倫敦、英國（London, UK）。依此類推，臺灣的文獻在英譯後，也應該將出版商的所在地，寫為：Taipei, Taiwan。到了第七版，已取消撰寫出版商所在都市名（包含美國的州名和其他國家的國名縮寫）的規定，僅寫出出版商名稱即可。

範例：

【第五版】Moulthrop, D., Calegari, N. C., & Eggers, D. (2006). *Teachers have it easy: The big sacrifices and small salaries of America's teachers.* New York: The New Press.

【第六版】Moulthrop, D., Calegari, N. C., & Eggers, D. (2006). *Teachers have it easy: The big sacrifices and small salaries of America's teachers.* New York, NY: The New Press.

【第七版】Moulthrop, D., Calegari, N. C., & Eggers, D. (2006). *Teachers have it easy: The big sacrifices and small salaries of America's teachers.* The New Press.

肆、發表於各種會議的論文寫法精確化

發表於會議的論文格式撰寫方法，因應會議種類的多樣化，在第七版中的改變，首先是需要在參考文獻的「年代／日期」處寫上會議的完整舉辦期間，儘管該份論文只是發表於會議期程的其中某一天，引用時仍需註明整個會議的舉辦期間。其次，則是要將發表的方式特別註明出來，例如：「大會的場次」、「主題演講」、「論文發表」、「海報發表」、「專題研討會」等，這些都是在第六版中並未要求的規定。再者，會議名稱的撰寫方式，在第七版也有簡化。未來，根據第七版之規定撰寫的會議論文，將可以使讀者清楚的瞭解該論文的發表形式。

範例：

【第五版】【第六版】

林雍智（2016年10月14日）。台灣推動實驗教育的做法與經驗。**2016兩岸城市教育論壇臺北論壇發表之論文**。臺北市立大學，臺北市。

Huang, H. C., Wu, C. S., Huang, S. L., & Lin, Y. C. (2018, April 17). *The effect of I-CWT on school improvement in Taiwan.* Paper presented at the 2018 Global Conference on Education and Research, University of Nevada Las Vegas, Las Vegas, NV.

【第七版】

林雍智（2016，10月14-15日）。台灣推動實驗教育的做法與經驗〔論文發表〕。**2016兩岸城市教育論壇臺北論壇**。臺北市，臺灣。

【說明：本文獻在內文中的引用方式為林雍智（2016）或（林雍智，2016）。】

Huang, H. C., Wu, C. S., Huang, S. L., & Lin, Y. C. (2018, April 16-18). *The effect of I-CWT on school improvement in Taiwan* [Poster presentation]. 2018 Global Conference on Education and Research, Las Vegas, NV, United States.

伍、DOI 的寫法標準化，改為用 URL 方式撰寫

參考文獻最後加註 DOI 之規定，是從第六版開始規定起的，第五版並無規定。到了第七版，已將各種 DOI 的寫法，更正為標準 DOI 碼，即以 URL（網址）列出 DOI，如：「https://doi.org/xx.xxxx/xxxxxxxx」。

因此，原有的 DOI:xx.xxxx/xxxxxxx，應該改為新的 URL，其方法為將 DOI 置換為 https://doi.org/，隨後再加上完整的數字編碼，若該 DOI 有短化版本，也可以列出短化的 DOI 碼。

比較：

【第五版】並無規定。

【第六版】http://dx.doi.org/ 或 doi: 或 DOI:。

【第七版】統一使用 URL 方式，即 https://doi.org/xx.xxxx/xxxxxxxx 方式呈現。

陸、引用線上文獻時，除非該網站的來源極不穩定，才需加上「年月日，取自 http://www...」

對線上文獻資料的引用，第五版到第七版的規定皆不相同。最新的第七版是連「取自」（Retrieved from）這兩個字都省略，只需列出網址或網站名稱和網址即可（此狀況多使用於電子報等有網站名稱的網址）。

比較：

【第五版】線上文獻資料要註明上網擷取日期。

【第六版】除非資料來源極不穩定，才要加上擷取日期。一般只要寫出「取自」（Retrieved from）後就可加上網址。

【第七版】除非資料來源極不穩定，才要加上擷取日期和「取自」，一般使用時連「取自」都不需要加上。

柒、對線上媒體的引用，擴增更多新興種類

在第六版中有被列入可做為引用來源的線上媒體種類較少，只有新聞群組、線上論壇、討論群組、電子報、部落格等文字或影音資料而已。第七版新增加了 Podcast 集，Facebook、Instagram、Twitter 等網路社群媒體的 Po 文和 YouTube 的影片，還說明了表情符號和主題標籤的引用方式。

第三節　文章格式的主要變更

APA 格式第七版起，將文章結構區分為「專業文章」和「學生報告」兩種類，並對於兩類的文章架構做了共通性的和個別性的修訂。

壹、文章使用字型的彈性化

自第七版起，增加了文章各部分中可使用的字型，使得字型的活用更為靈活。例如，在英文寫作中可以使用 Calibri 11、Arial 11、Lucida Sans Unicode 10、Times New Roman 12 和 Georgia 11 字型（詳見第二章）。雖然中文寫作中，目前較被接受的字型僅有（新）細明體與標楷體，不過部分刊物在編輯排版上，也逐漸引進其他字型，豐富整個文章的版面。

貳、頁首小標題的縮短與相關規定

自第七版起，對頁首小標題的寫作規範，更為簡潔。例如「running head」（頁首小標題）這兩字在英文寫作中不必出現，頁首小標題可以只有包含精確縮短後的文章題目和頁碼，而在「學生報告」類中，則無須撰寫頁首小標題（除非授課教師有特別要求）。

參、已更新文章標題層級之規定，使其更易閱讀

對於文章標題層級之規定，APA 自第五版開始到第七版，雖都設定為五個層級，但對層級的撰寫規定，卻有不同之處。第五版中的文章標題，皆無以粗體呈現之規定；第七版格式和第六版格式的主要差別，在於對層級三到層級五的寫法更為簡化，更有層次感、因而也提升了文章的可讀性（可參考附錄一）。

比較：

【第五版】第一層級全部大寫、置中、不粗體；第二層級首字大寫、不置中、不粗體；第三層級斜體、置中、標題首字大寫；第四層級斜體、靠左對齊、標題首字大寫；第五層級斜體、置中、縮排、段落小寫，標題結束後加句點。

【第六版】第一層級置中、粗體、首字大寫；第二層級靠左對齊、粗體、首字大寫；第三層級縮排、粗體、首字大寫、標題結束後加句點；第四層級縮排、斜體加粗體、小寫、句子結束後加句點；第五層級縮排、斜體、不粗體、小寫、標題結束後加句點。

【第七版】第一層級首字大寫、置中、粗體；第二層級靠左對齊、粗體、首字大寫；第三層級靠左對齊、斜體、粗體、句子新開一段，結束後加上句點；第四層級縮排、粗體、首字大寫、標題結束後加句點；第五層級縮排、斜體加粗體、標題結束後加句點。

第四節　使用更有包容性的、避免偏見的用語

APA 格式進入第七版之後，在避免誤用帶有偏見的語彙上，因應時代的發展需求有了更精準的界定。同時，也要求寫作者應該要對用語有敏覺度，使用特定的、可接受的、適切的語彙與界定研究的參與者（Hatala, 2020）。寫作者不應該只透過文字去判定是否適切，而是要視研究的發展所需，以及個體或群體對與自身相關的特定詞彙的偏好，再經由「交叉性認同」的對照去使用適切的語彙。

壹、在避免偏見的用語上新增「研究參與者」、「社會經濟狀態」與「交叉性認同」三項目

APA 格式在第六版，已經針對如何減少使用帶有偏見的用語進行說明，到了第七版，除在原有可能會出現偏見語彙的項目，如「年齡」、「障礙類別」、「性別與性取向」與「種族認同」更新最近較為合適的用語外，還新增了「研究參與者」、「社會經濟狀態」與「交叉性認同」之規定（可參考第二章之說明）。

貳、避免偏見用語的使用要領

要使用中立的、避免偏見的語彙，寫作者除平時應該對於上述易引起偏見的「標籤」有敏覺力，覺察在當代哪些公共議題較為分歧之外，還要視研究的需要選擇適切的用語。例如：使用複數型的 they 和 their 以取代性別；將帶有不好印象的用語，使用名詞做詮釋（如將 the poor 改為 people living in poverty）；在年齡選項中，不要單純的定義年齡組，而是視研究需要去界定年齡組（如原本單純列出 65 歲以上，改為視需要界定為例如：65～75 歲組）。相關的適切用法，可參考第二章之說明。

第五節　表與圖製作上之主要差異

表和圖製作一直是學術文章寫作中的重要項目，不過，最近三版本的 APA 格式對於表和圖在製作上的規定，都做了一些變動。第七版也指出寫作者還可以將表和圖放在參考文獻之後，以獨立的頁面呈現。以下說明表和圖在規定上之差異。

壹、表名和圖名撰寫與置放位置之差異

表和圖名稱的置放位置，可再明確區分表和圖進行說明。表的部分，第五版、第六版、第七版的規定皆相同，一樣是表的標號與表名分開兩列，先標號、再寫表名。英文寫作上的表標號在 APA 格式第七版上維持**粗體**、表名則維持*斜體*不變（不加粗體），兩者一樣靠左對齊。

圖的名稱，在第五版與第六版，都將標號與名稱放在同一列上，並且置於圖的下方。到了第七版，圖名規定統一按表名的方式撰寫，亦即在英文環境中，先以**粗體**撰寫圖的標號、再以*斜體*撰寫圖的名稱，中文環境則和表的寫法一致，先以普通字體（不加粗體，但也有部分期刊比照英文格式以**粗體**字呈現）寫圖的標號，再以**粗體**撰寫圖名。圖名要置於標號下一列，且兩者應置放於圖的上方。

比較：

【第五版】【第六版】標號與名稱位置：表上圖下；英文的表標號不加粗體、表的名稱加斜體，分兩列置放；英文的圖標號加斜體、圖名不加斜體、置放於同一列中。

【第七版】標號與名稱位置：同樣在表圖的上方；英文表和圖的標號加粗體、名稱加斜體，中文表和圖的標號不加粗體、名稱加粗體，表和圖的標號和名稱應分兩列置放。

不過，中文寫作環境中，在表和圖的標號與名稱放置位置上，過去一向採表上圖下的方式，且將表名與圖的標號以粗體處理。若要對應第七版的修訂，中文的表和圖，也有必要比照英文寫作的規定，進行格式上的統一。

貳、表和圖的底線劃設之差異

比較：

【第五版】表和圖的底線，要用粗線（比格線粗），用以隔開註記、資料來源與統計機率。

【第六版】表的底線同第五版，但圖的標題與註記、資料來源與統計機率間不必劃線。

【第七版】表的底線不必劃粗線，和格線相同即可。圖的部分也比照第六版，不必劃線。

參、處理跨頁表格之差異

第五版規定：表格如果跨頁，除最後一頁的底線應該劃為粗體外，其餘不必劃設底線（除非有區隔開的必要性），表格次頁以後的標號、表名省略，但欄位標題則仍需要再次列出。上述規定，也適用於第六版。

另外，第七版格式對於跨頁表格在前頁右下，並無註明應註記「（續下頁）、（continued）」之規定，因此，可視為跨頁表格的處理上已經簡化，表格跨頁的處理方式可參考圖 8-1（過長表格）及圖 8-2（過寬表格）之範例。又若表格過寬的話，第七版也建議可將最左側一欄複製於第二頁中。不管如何，過長或過寬的表格，宜以分割方式呈現為佳。

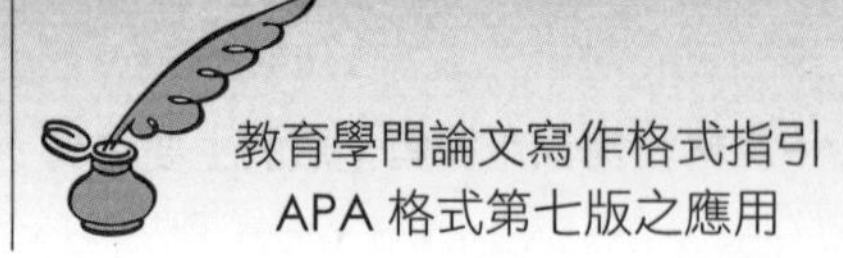

圖 8-1

過長表格跨頁之處理方式

表 1

跨年級教學之課程組織型態

編號	模式說明
1	全班教學
2	科目交錯
3	課程輪替

欄位標題在續頁的表格內再重複一次

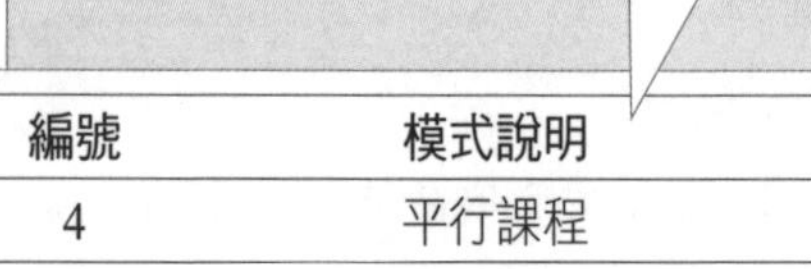

編號	模式說明
4	平行課程
5	螺旋課程

註：引自 "Multi-Age practices and multi-grade classes," by L. Cornish, in L. Cornish (Ed.), *Reaching EFA through multi-grade teaching: Issues, contexts and practices* (p. 32), 2006, Kardoorair Press.

圖 8-2

過寬表格跨頁之處理方式

表 2

主要國家課程改革方向之比較

課程重點＼國別	美國	日本	澳洲
重視的素養	…	…	…
最近的改革	…	…	…

〔前頁〕

過寬的表格，列位標題在續頁再重複一次

課程重點＼國別	英國	芬蘭	新加坡
重視的素養	…	…	…
最近的改革	…	…	…

註：引自**諸外国の教育課程と学習活動**〔主要國家的課程與學習活動〕（頁 10），梅澤敦，2016，国立教育政策研究所。

〔後頁〕

第 9 章

如何寫好學術文章

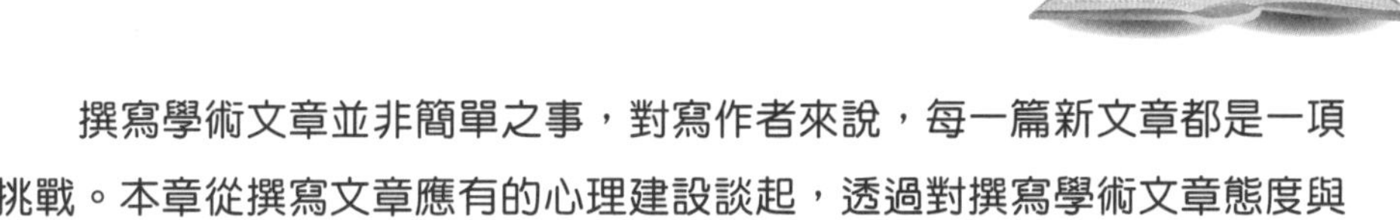

撰寫學術文章並非簡單之事，對寫作者來說，每一篇新文章都是一項挑戰。本章從撰寫文章應有的心理建設談起，透過對撰寫學術文章態度與尚未動筆之藉口的分析，協助寫作者建構強大的心理素質，再探討如何靈活應用參考文獻與選擇投稿標的物，為文章找到它的「家」──即刊載之刊物。

本章重點有：

一、撰寫學術文章的心理建設

包含學術文章撰寫技巧如何訓練、尚未動筆的藉口分析與如何突破，以及如何組織寫作社群，賦予動機、相互鼓勵

二、撰寫文章時的參考文獻應用及投稿標的物的選擇

包含如何活用參考文獻提供暗示，以及如何依寫作者能力、文章屬性、或字數選擇合適的標的物

讀者可參閱本章的說明，重新檢視自己學術寫作的工作態度和進度，也可自我鼓勵、賦予寫作積極的價值。

第一節　緒論

要寫好一篇學術文章並不是一件簡單的事。撰寫學術文章固然對研究生和學生來說是一項挑戰，對於已經撰寫過多篇學術文章的教育學者、研究者而言，也不如外界想像中，信手拈來就可以簡單寫出一篇好文章。因為，「文章」這種東西不是寫了很多，就會讓人變得很熱愛寫文章、或是很想寫文章的。能支撐研究者持續寫文章的最重要因素，到最後會變成他對這學門的熱忱與使命感，或者是享受著一次又一次重新挑戰一篇新的文章的意志力。

也因為如此，在撰寫學術文章時，從一篇文章的主題選擇開始到完成文章，寫作者需要具備相當多的寫作素養。寫作的素養上，首先要有「正確理解並能運用寫作格式」、「選擇適合的主題」、「研究方法的使用」、「選擇適宜的參考文獻」等知識、態度和能力，其次，寫作者還要能有計畫的策劃寫作的時間和步驟，最後，還要能為學術文章「找到一個家」，也就是決定發表或投稿的標的期刊或出版單位等。這一系列，都需要累積不少經驗，才能轉化為接著寫下一篇文章的動力。

在介紹了學術論文的寫作格式後，本章要針對「如何寫好一篇學術文章」進行探討。本章將從「撰寫學術論文」之前應具備的「呼吸法」（心理建設）開始談起，再於「撰寫學術論文這件事」中討論「參考文獻的作用」與「選擇投稿標的」兩項與本書的學術論文格式寫作有關的事項。透過本章的闡述，期待閱讀完前述各章節的讀者，也能勇於提筆（把手放在電腦鍵盤上），撰寫出一篇有價值的學術文章。

第二節　撰寫學術文章前的呼吸法（心理建設）

撰寫學術文章的寫作者，和寫小說、散文、詞詩，或是發表在社群媒體上的 Po 文不同，學術文章的寫作雖然也是寫作，但大抵上都有非常明確的撰寫目的。例如：研究者拚命的撰寫文章，是為了申請研究案的補助、為了累積職級升等的條件、為了賣書賺錢、因為被邀稿，為了回應邀稿者的熱情；研究生、學生則是為了滿足修課的要求、為了取得學位以及取得學位之前的研究發表需求等。然而，不管寫什麼文章，寫文章的能力都並非與生俱來的，這也就是為什麼我們從小到大學習作文，寫了這麼多年，結果到長大文章還寫不好的原因。寫文章需要的是知識和技巧，也需要寫文章的態度和需求，簡稱為素養，而撰寫學術文章，所需要的素養有一部分和一般性文章一樣，另一部分則是學術文章寫作上獨有的素養，例如「研究主題」和「寫作格式」等。素養是要培養和訓練的，沒有訓練好就無法寫作，即使寫完了，也會像自我感覺良好的長輩文一般，無法符合學術文章的要求。

因此，套一句 2020 年時下 Amazon.jp 十大熱銷書中有四本入榜的「鬼滅之刃」漫畫的經典用語「呼吸法」，也可以稱為招（姿）式，在撰寫學術文章之前，也要準備好心理上的呼吸法，才有助於進入實際寫作的階段。「呼吸法」（心理準備）有很多系統，以下介紹的撰寫前的心理準備，可視為提供參考的其中一套呼吸法。

壹、學術文章的撰寫是技巧的反覆訓練過程

能不能寫出一篇學術文章，和寫作者與生俱來的能力並無直接關係，也和小時候作文寫得好不好關係不大，更和是否經常於網路的社群媒體 Po 文沒有直接的關係（網路社群媒體的發表雖然也需要文采）。學術文章的寫作就和其他專業的技能一樣，需要不斷就寫作的知識和技巧進行有系統的指導和練習才能養成。

例如在大學的專門科目授課上，教授者大致上採用的方法是對學習者進行知識性的指導，其中，不同的教學方法，如討論、實作也有被應用在課堂中，因此學生可以深入瞭解該堂課的專業知識。不過若要學生將該堂

課習得的專業知識轉為一篇學術文章，學生可能會覺得困難。這是因為這堂課學的不是寫作。然而，就算上的是寫作課，沒有反覆的練習，將寫作變成為自己的技能，則空有寫作理論，也無法內化為自身的技能。

學術文章撰寫是一種技巧的反覆訓練過程，其中的寫作養分不僅要掌握專業領域方面的議題，也要具備寫作的技巧。此外，學術文章的類型有許多種，寫作者不一定任何類型都十分上手，其大抵上只能根據自己的專長與研究題目，選擇自己較在行的類型呈現。然而，能否活用這些文章的類型，也需要針對該類型進行多次的練習和實作，才能有信心的活用。因此「習慣化」乃是學術文章寫作前，必須要具備的素養。唯有透過反覆練習將學術文章的寫作習慣化，撰寫時才能順利的發展，直到完成。

貳、尚未開始動筆的藉口

有撰寫學術文章之需要，但是卻還沒開始動筆時，一定會找很多藉口。既然有了藉口，就會將行為正當化。有些藉口是可以克服的、有些藉口則是「架空」的，也就是根本不存在世上的，它可能只是心理上的因素，只要心理適應了，藉口就自然消滅。尚未開始寫學術文章時所找的藉口，概會出現以下的情況：

1. 學術文章既然這麼的難寫，也需要瞭解寫作格式和方法學，所以就還沒開始寫。
2. 沒有時間寫。
3. 需要有完整的時間才能好好思考，好好的寫。
4. 相關文獻要再多看一些。
5. 需要良好的設備。
6. 需要有啦啦隊。
7. 不知道要寫什麼，需要靈感（等待中）。

當然，以上都是藉口。

有了藉口，就會讓「還沒開始寫」正當化，就會讓寫作完成之日遙遙無期。上述第一項藉口，是研究生、大學生中經常遇到的情形。以博碩士課程學生為例，他們在發表博碩士論文前，大都會被要求要投稿若干篇期刊論文，才能取得撰寫博碩士論文的資格。但是期刊論文現已成為研究者競相投稿的廝殺場域，研究生看了一些刊登在期刊上的稿件後可能會自嘆不如，因而更減低了投稿的意願，以致於產生了上述念頭。由於期刊論文次序擺在學位論文之前，且其難度亦較學位論文為高（雖然在難度次序上，有點顛倒），因此對研究生來說，容易對學術文章的寫作失去鬥志。解決方法是勤找指導教授協助，不僅就專門議題，也需請教文章架構與寫作技巧部分，還可以和同儕組成讀書會，請教寫作上的議題。

第二項和第三項是最值得表揚的藉口，因為這已經成為一項迷信了。有人深信做事慢開始的，一定是自我要求標準比較高的人；有人也認為學術寫作需要一個長段的時間，才能夠做系統的思考。對學者、研究者來說，能夠取得一大段時間者，只有週末週日以及寒暑假等長假期，但往往長假期又會有許多活動需要參與。與其說要找一個完整的時段，在今日大家都很忙碌的時代，不如試著把「寫作時間」進行分割，再根據時間段的長短分配不同的任務。本書作者曾遇到過學術產量很多的教育學者，比如留學日本時期的指導教授還有國內的一些學者，有些學者生平可以產出著書 30 冊、發表學術論文 300 篇以上。在確定這些不是由學生代筆的文章之後，進一步發現，他們就是能善用分割時間段進行寫作的人。

有第四項藉口的寫作者，恐怕永遠無法等到蒐集與閱讀完文獻那一天的到來。這種人通常是完美主義者，但是在日進月步的教育學門環境中，相關文獻的生產速度是很快的，在寫作者蒐集、閱讀的過程中，新的文獻又會產生。有這種藉口的人，通常也和「無法設定執筆時間」者有相同的問題。學術文章的寫作是一個帶有許多作業流程的工作，閱讀相關文獻只是其中一個階段而已，還有其他需要處理的階段。因此，解決本項問題的方法，是要設定好每項作業流程的時間段，並有效的執行。這樣才不會讓自己一直停留在蒐集文獻的階段而產生本藉口，也不會因而走火入魔，每看到一個和寫作文章關鍵詞有關的文獻就心慌。

第五項和第六項藉口為需要良好的設備和啦啦隊。良好的設備大抵上是需要一臺處理速度不錯的電腦和大螢幕，或是一張好的桌子和椅子，或是一台好的印表機，有了這些完善的設備，才能坐得下來寫作。這樣想固然無可厚非，畢竟搭載 Windows 10 的電腦本身在程式功能和處理速度上，就與過去 Windows 95 的電腦在效能上相差千里。不過，這種「認電腦」、「認桌」、「認椅」的想法，其實只和「認床」一樣，都是自己覺得很重要，但較難以說出口的想法。試想，當寫作仍停留在手寫稿紙（爬格子）的時代，學術的發展雖然比現在慢，但不是也有人寫了數百頁稿件嗎？研究生的指導教授當年還是學生時，那時的電腦速度不也比現在慢很多？至於「認桌」、「認椅」的想法，這只是單純的藉口罷了。真正將思緒擺在學術文章中的寫作者，是無論在哪裡都可以寫作的人，他不會去計較現階段的桌子、椅子不夠好，他雖然也會想要好一點的桌子和椅子，但寫作中的他也知道這些物理條件在將來一定會實現。反過來說，若你已擁有好的桌子和椅子，你也不一定就會開始寫作，而通常好桌子和好椅子不是為了寫作的人所打造的，它是為了彰顯你努力後的成果所準備的，這樣想，「認桌」行為就不會再成為撰寫文章的阻撓理由。

以第七項「需要靈感」為藉口者，不是一個真正的學術文章撰寫者應該使用的理由。其原因是學術文章的寫作，和寫小說、寫詩大不相同，學術文章寫作固然需要對議題有原創、獨到的發現，但其絕對不是憑靠靈感獲得點子進入寫作階段的。學術文章的寫作是在開始之後，於寫作過程中隨著筆尖的推進，慢慢湧進許多新的、實用的資訊，再透過反覆修正才能完成的作品。也就是說，靈感是產生於開始寫作之後，而不是有了靈感才能開始寫，這一點必須清楚的區別。

當然，對寫作有著堅定的信仰和信念，也可以幫助克服寫作過程中的困難，讓文章順利完成。就像長輩會贈送晚輩「筆」做為鼓勵一樣，寫作者在寫作時，心中也可以想成所信仰的菩薩／神／真主／祖靈賜你一枝寫作的筆，並牽著你的手執筆（打字）。這樣，靈感就會源源不斷的進入腦中，文章也就能早日順利完成。

參、賦予動機、相互鼓勵

由於學術文章的寫作是一連串細部作業的集合，因此如何在寫作過程中維持寫作的動機和熱度是相當重要的兩件事。為了讓寫作的心情得以持續下去，因此寫作者需要賦予這個寫作一個能持續下去的動機。

動機要如何確立？需要透過「設定目標」、「決定優先順位」與「監控寫作進度」來確立並強化目標。明確的目標是行動的依據，所以在「設定目標」中，首先要設定文章的執筆計畫，這是一個總體的計畫，例如寫作者要寫多少篇相同議題的文章等，這個計畫也可以依照固定週期進行滾動式修正。其次，要設定目標事項，例如這一篇學術文章的寫作，要放在總工作的哪一個順位。再者，需要決定具體的執筆事項，例如一天要寫幾字、一個段落要花多少時間寫、今天的工作是從頭校稿到已寫到之部分……等。設定好了目標，寫作才有明確的步驟，得以透過按表操課完成目標作業，且隨著工作事項的完成，就可以獲得成就感，支持下一次的寫作。

「決定優先順位」指的是單篇文章寫作中的優先事項，以及若有多篇文章要撰寫時，哪一個事項應先處理、哪個事項順位可稍後的規劃。以單篇文章來說，今天到底是要再往前推進新段落，還是處理參考文獻的部分、又或是從頭校稿、檢查語順與錯字？這些優先順位，需要寫作者做好計畫；多篇文章的場合，牽涉到有些文章已經進入審稿後修正、有些文章則才剛起步、有些文章是屬於要投稿在期刊的稿件、有些則是屬於書籍中的一章。寫作者可以根據自己的狀況決定優先順位，以便迅速展開實際的作業程序。

「監控寫作進度」也是賦予動機的重點工作。因為大部分的人對於自己到底寫到哪裡、寫了多少？並無確實的掌握。因此透過監控自己的寫作進度，以客觀的角度冷靜評估自己的執筆作業是有必要的。就像在監控家庭財務支出般，寫作者可以透過試算軟體，監控每日撰寫的文章字數的變化情形（有如填入家計簿般）、寫一篇學術文章所耗的字數等，再透過和之前的狀況比較，瞭解最近的寫作情形。這種頻率，就是一種呼吸法，發現自己的規律，也等於精進自己的呼吸法。其不但有助於寫作的完成，還可以調整自己的學術寫作生涯。

當然，久坐寫作對身體也不好，因此也要適時的起身運動。當目標完成時，也要記得給自己褒美和獎勵，例如完成一天的目標，可以叫一杯珍珠奶茶喝或是吃一頓比較好的晚餐來讚美自己。適時的褒美，可以自我強化，以維持寫作的動機，讓自己想要做的「行動」能夠產生。

最後，相互鼓勵也是一件寫作上重要的事。學術文章的寫作和寫小說、散文、詩詞相當不一樣之處，就是寫作的過程與成品不一定會有人願意欣賞、懂得欣賞、有時間欣賞。就連本書作者所寫過的文章，也僅少獲得意見詢問與回饋（雖然期刊首頁都有寫上作者的 e-mail）。因此，唯有找到能相互鼓勵的同儕和環境，才能夠支持著寫作者完成文章。

建議寫作者可以規劃／籌設一個寫作的「支持小組」。這個小組的成員可能是和寫作者一同面對寫作任務的同儕，也可以是和寫作者同樣學門的夥伴。透過讀書會、網路群組等方式和同儕進行分享和對話，可以起相互鼓勵的效果，對於學術文章中所需要的相關知識，如寫作格式的正確性，也有相互討論的機會。不過，寫作支持小組的成員組成，建議應採「同質性分組」，就是學者、研究者的小組要和研究生、學生小組分別設立。雖然異質性的分組可產生「鷹架作用」提升能力較低者的寫作能力，不過由於學者、研究者面臨的寫作議題和難度，與學生的寫作議題並不相同，為了使小組內能有自由活潑的討論氣氛與相同層次的討論議題，仍然建議採各自分組方式為佳。

第三節　撰寫學術論文這件事

一篇學術文章的完成是寫作者辛苦的結晶。在文章寫好之後，接著就是要為文章找一個家，也就是探尋發表標的之刊物或書籍之意。大部分的參考書和老師都會告訴學生在學術論文撰寫到發表的過程中，應按照所訂的撰寫步驟和格式原則寫出文章。然而，為順利把文章投遞出去，有些暗默的規則或是心得也應有所瞭解，方有助於投稿與稿件刊登。以下，探討與本書主題「論文寫作格式」相關且值得注意的事項，分別為「參考文獻的作用」和「投稿標的物之選擇」兩項。

壹、參考文獻的作用

參考文獻是學術文章中，不成為一個「章」，但是卻無比重要的一個部分。學生在學術寫作時，往往被指導老師告知：內文中有引用的文獻、就需要在文後「參考文獻」引用。自此之後，學生開始曉得參考文獻是放有引用文獻的倉庫。不過，既然是倉庫，東西也不能亂放，還是要按照一定的規格與順序來放置，以後其他人要找也會比較方便。因此，衍生了「書目的排列順序」，以及「書目中需要劃粗體／斜體到哪個部分？」等的規則需要遵行。

絕大部分的參考文獻，只要按照既定的 APA 格式規則撰寫完畢，這部分就算完成了。這樣的寫法和思考邏輯，適用於以訓練研究生學術寫作能力為目的之學位論文與大部分的期刊文章和書籍的撰寫上，但是在某些高級期刊（指有列入國家級索引系統或是擁有高影響指數的期刊），參考文獻卻可以發揮更大的用處。以下幾項，為參考文獻的額外功能，寫作者若能掌握這一個「想定」，則寫出來的參考文獻就可以幫文章訴說更多的話。

一、參考文獻格式錯誤或缺漏

就算是同處教育學門的文章，按照 APA 格式撰寫的參考文獻，在格式上也多少會發生不相同、或是有錯誤、或是缺漏資料之處。撰寫學位論文的學生，如果在參考文獻上有錯誤或缺漏，那在審查會議時是否會占據審查者一些時間來講評，而把審查者用於講評其他內容，如研究方法的合適性的時間拖掉呢？但這個情況不適用於期刊投稿的審查，因為期刊的編輯可能會把參考文獻格式撰寫錯誤或缺漏的文章直接退稿，或是要求投稿者修正之後再行投稿。所以本項是一個比較低層次的「錯誤」或是「刻意」造成的缺漏。

二、參考文獻的指向性

如果寫作者不是刻意操作上一項錯誤的話，那麼寫作者所列出的參考文獻，對讀者說了什麼話呢？參考文獻可能是寫作者有意識引用的資料。這些資料來源包含了寫作者認為重要的文獻、寫作者的朋友所撰寫的文獻、該學門的權威（外國人和國內學者）所撰寫的文獻，以及投稿期刊為了增加引用率而「建議」寫作者加入的相關文獻。寫作者列出的文獻，有誘使學術期刊的主編，邀請其中某些文獻的作者擔任該文章審查者的可能，因此寫作者就可能對發生這種可能性有所期待，而有意識的刻意選擇參考文獻的來源，這就是參考文獻可產生指向性之功能。另外，若檢視同一位寫作者在已發表之多篇文章中的參考文獻，或許也可以發現這一位看似廣徵博引一大堆外文文獻的相貌堂堂著作，其實引用來源差不多都是那幾位「大師」的作品。到底這位寫作者看過幾本書呢？從其列出的參考文獻就可找到這個問題的答案。

三、參考文獻的行情價

對研究生來說，參考文獻能正確引用就好。如果在學位論文的引用上列舉較多的學位論文，也是可以接受的。對期刊文章的參考文獻引用來說，隨著期刊等級的提升，參考文獻的等級要求就越高，此時參考文獻所引之來源，就會趨向於具有原創性的期刊論文和書籍章節。此外，一篇學術文章應該引用多少篇參考文獻，也是有行情價的，參考文獻的引用總篇數，會隨著學術文章字數的提升而增加。因此，學術文章和學位論文的寫作者，應該引用多少篇參考文獻才算達到行情，應該探尋領域的規定，以及參考過去文章的行情數量決定。

貳、投稿標的物之選擇

教育學門下的各領域，因為社群規模大小不一，因此各領域所出版的相關學術期刊在總數量上亦有很大的差別。大的領域可能在國外有數百種期刊可供投稿，小的領域能投稿的刊物只有個位數。除此之外，期刊的屬性還有區分「等級」（如科技部第一級、第二級 i 級期刊）、「發行頻率」（如月刊、季刊、半年刊）、「發行單位」（如大學系所或學協會）、「是否向投稿者收費」與「出版方式」（如紙本、紙本加線上、電子版）等之差別，非常複雜。因此，對寫作者如何要幫所撰之文章找一個家，增添了很多該衡量的條件。以下，是投稿期刊時幾項可供參考的選擇標準。

一、依據寫作者的能力選擇

在為文章選擇一個家時，最方便的作法便是依照寫作者的自身能力去選擇投稿標的。在操作此項中，較不害怕的是低估自己能力、選擇容易刊上的刊物，因為刊物也是需要有稿件才能生存。比較緊張的是高估了自己的能力去投稿要求較多的刊物，有些時候較高級的期刊會連審查都省略，直接退稿。但其實也無須懼怕，若退稿時有附上審查意見，則這些審查意見可以協助寫作者修正，再投往第二個刊物。不過，較可惜的是寫作者明明寫了一篇重要性高的好文章，但卻投往了較低等級的刊物。為防止這個現象，可以先行和同領域的專家商談可投稿之標的物，或者是先投稿到較高等級的刊物，萬一被拒絕再改投其他較低等級的刊物。

二、依據文章主題屬性選擇

本來，稿件就是應該依據文章主題選擇適合的投稿刊物，例如量化研究適合投稿至刊登該類文章的期刊等，這應不必再贅述。然而，有些期刊會透過「年度專刊」或「研討會」專刊設定（框住）某一特定領域主題。如果寫作者的文章符合該主題，亦可投稿至該刊物。對刊物而言，文章主題的屬性一定要符合刊物的需求，才有審查的價值，這也是寫作者在幫文章找家時，最重要的依據。

三、依照字數選擇

文章的字數多寡，有時候代表寫作者的能力，有時候也代表文章主體的屬性，某些類型的文章由於內容較為豐富，不論再如何精簡，字數仍會過多，這種情形可能出現在質性研究的文章，或是研究報告改寫的場合中。而論述性的文章字數多少，則代表寫作者對該議題的熟悉度到什麼程度。因此，投稿前先依照標的物的規定字數撰寫文章再行投稿，會是較為簡單的工作。因為決定字數後，就可以設定每個章節的架構字數，必須載明的重點也會浮現，此時再規劃撰寫時間，逐步將章節的字數填滿，就可產出一篇文章。

四、參考消息來源選擇

有投稿刊物的消息來源，亦可以考慮。雖然，這個消息來源可能是非正式的、未公開的，但仍然對投稿有一定的參考價值。舉凡高級期刊收到的投稿稿件數量非常多，因此它可以盡情的「嚴格」審查，反正不缺稿件來源，且拒絕了稿件還可以增加期刊的拒絕率，而拒絕率又可以做為期刊評比的績效之一。因此，如果寫作者對自己的文章沒有自信，就可捨棄這個很可能變成炮灰的途徑，去瞭解一下有哪缺稿件來源的刊物正等待著稿件上門。由於期刊的準時發刊也是評比的重要項目，因此有些缺稿件的期刊，不太能夠拒絕上門投稿的稿件，審查因此也較簡易、迅速。有時候編輯還會熱心的協助修訂稿件中的錯誤呢！

第四節　結論

一篇學術文章的撰寫，一定有其目的。文章可能是課堂的報告，可能是學位論文，可能要投稿到期刊，也可能成為專書的一章。無論最後文章去到哪個地方，它都是寫作者耗費寶貴的時間所努力完成的作品。為了不會對不起自己的作品，寫作者最起碼的要做到文章「主題清楚」、「格式正確」、「內容完整」三大項，這樣文章才會有價值，寫作者個人也才有向前邁進的感覺。其次，做為文章的審查者，當然也應具備一些素養，才夠資格成為審查者。審查者自己必須也要是經常撰寫文章的寫作者，對於所審查的文章要公正的進行審查，並給予改進的機會。審查者如果能體諒寫作者的辛勞，並提供確實的、可改進的建議，那麼這股正向的能量，將回饋到寫作者身上，促進寫作者在學術寫作上前進。唯有如此，學術社群才能擴大，文章也才能夠有更多人閱讀和引用。

撰寫學術文章，切勿將其想成一項與別人的競爭，或是和自己的競賽，因為帶有目的之工作，反而使自己感到更大的壓力，萬一無法按照計畫撰寫，更會帶來罪惡感。在心態上，不要去計算到底自己寫了幾篇文章，現在在寫的這篇文章又是人生中的第幾篇，計算自己的業績，也是對自己帶來壓力的作法。人生有很多值得追求的事物，也需要和家人一起生活，需要和朋友話仙，假日也應該有該有的休息，寫作寫到肩頸酸痛，就應該去復健科治療。也就是說，只要有規律的執行寫作計畫，那麼透過一次又一次寫作過程的訓練，自然就可以慢慢的寫出一篇好的學術文章。

第 10 章

邁向共通的學術規範

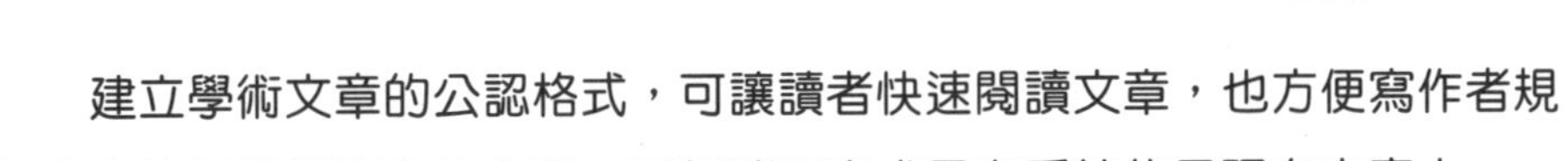

建立學術文章的公認格式，可讓讀者快速閱讀文章，也方便寫作者規劃文章的架構與應有的內涵，更能讓研究成果有系統的呈現在文章中。

APA 格式第七版格式的使用，有助於建立共通的學術規範，亦能讓學術文章寫作與國際接軌，在全球化世界村的當代，值得我們去理解與適用。

我國教育學門的學術寫作，在格式上所遵照 APA 格式規定進行撰寫，已有超過 30 年歷史。在這數十年中，APA 格式的出版手冊頁數逐漸的增加，自從第六版起，版本的改變幅度有更加擴大的趨勢，此次第七版也修正或簡化了一些原有的第六版規定。APA 各版本的出版手冊，近期以來大致以十年一輪的方式進行修訂，但這種每十年一度的改變，當然也對學術文章的寫作者帶來適應上的困擾。不過，在時代的急速發展中，有許多新的資料形式被發明出來，復以網路的普及也使過去擷取資訊和參考文獻的方式，加入了新的途徑，這些，都改變了人類獲得知識之來源，越來越多種類的文獻資料時時刻刻被提出、被引用，也使得知識的半衰期一再縮短。也就是說，為了因應各種新的資料形式的引用需求，寫作格式的修訂，也就成為不得不做的一件事。

建立學術文章的公認格式，不僅可以使初學者快速看懂學術性文章，也方便寫作者規劃文章的架構與應有的內涵，更能讓研究成果有系統的呈現在文章中。對於讀者來說也更加方便閱讀。有了共同的格式，讀者可以省去每看到一篇文章時需要先瞭解文章架構的困擾。讀者可以直接透過摘要與關鍵詞判斷是否願意繼續閱讀本文，若有興趣，在閱讀本文中也可以根據表或圖中整理的資訊，對該文章的內容獲得更具體的理解，讀者對該篇文章所探討的議題有興趣，尚可進一步透過文後的參考文獻，搜尋到可供進階參閱的相關文獻。因此，共通的學術寫作格式，不但有助於學術成果的傳播，亦有助於國際上的學術交流。

APA 格式第七版對寫作者來說，最顯見的改變之一，便是取消了應列出出版商的所在都市名稱的規定，相信此點有助於較易寫出完整、正確的參考文獻。省略出版商所在都市名稱的規定，有不少好處，例如西方國家的跨國出版商，有許多設於不同國家都市的分支機構；有些出版商甚至將各國之分公司區分為不同任務導向的功能，如編輯、行銷或是各自負責某個專業領域的出版工作等。因此，要判定出版商的所在地，並非易事。又如日本、南韓的出版商絕大多數集中於首都，因此就算寫出出版商所在都市，由於該都市規模太大，亦沒有區別之效果，臺灣也有這樣的情形。另有一種情形是出版商從原都市搬遷到新的都市，此時寫作者還要掌握它是哪一年搬的，才能在撰寫參考文獻時，依照年代填入出版商的所在都市……。上述的問題，在列出出版商的所在都市名稱之規定取消後，寫作上就再也不必擔心了。

雖然 APA 格式成為我國教育學門論文寫作的遵行格式已有數十年光陰，但在應用 APA 格式上也遇到一些尚待解決的困難，而這些困難可能是其他學門所採用的格式上不會出現的。例如：APA 在「書籍」的引用上不夠突顯、表與圖在引用上的頁碼，相對於不會有問題的英文寫法，中文應該要寫「頁 x」或是「第 x 頁」，還有腳的註解和參考文獻何者為重（即能在註解中直接寫引用文獻，而將參考文獻單純視為「參考」的文獻嗎？）等問題都困擾著寫作者，相信有經驗的寫作者，還可以舉出更多在應用 APA 格式上所遇到的困難。不過，以教育學門的論文寫作來說，在這些困難之外，其實 APA 格式還是有很多「直覺的」優點的，例如它將作品的年代置於作者姓名後，方便讀者迅速瞭解該文獻是否為近期提出的作品，就較其他格式將年代放在文獻的最後上容易比較。除此之外，國際上教育學門的論文寫作已普遍採用 APA 格式，這也使該格式成為文獻中方便跨國對照的寫作格式，令寫作者無須在熟悉本國格式後，還要為了發表英文論文又多學習 APA 格式的寫法。我們從東亞的南韓教育學門也使用 APA 格式寫韓文文獻、一向維護傳統的日本教育學門逐漸轉向使用 APA 格式上，就可得知其無遠弗屆的力量。

在我國的普及上，相信在極短的時間內，APA 格式第七版就能取得教育學門各刊物、出版商的採用。相較於第六版所帶來的改變，特別是在中文格式上，各學門要對第七版形成共識，則仍需要時間的消化與發展。固然 APA 格式在中文適用上還有不少待解決的課題，但從越來越多學門已經採用 APA 格式的趨勢來看，它的滲透力實在令人佩服。最重要的是，透過 APA 格式，學術文章的寫作亦能與國際接軌，或許在全球化、地球村的當代，這才是值得我們必須去努力理解、並遵循該格式各項規定的主要理由。

最後，在本書介紹完如何應用 APA 格式第七版進行論文寫作後，我們仍需回到 APA 格式最基本的核心精神，亦即「能否證明撰稿者寫作的嚴謹度」與「能否協助讀者延伸閱讀」來看待 APA 格式存在的價值。亦即，對學術文章的寫作者來說，應在普及研究成果的宗旨下對寫作格式做更精準之引用與更細膩之檢視。也唯有秉持如此精神，才能促進學術與社會的永續發展。

參考文獻

日本図書館協会目録委員会編（2018）。**日本目録規則（2018 年版）**〔日本目錄規則（2018 年版）〕。日本図書館協会。

日本書籍出版協会（2020）。**会員出版社一覧**〔會員出版社一覽〕。http://jbpa.or.jp/outline/member.html

吳和堂（2011）。**教育論文寫作與實用技巧**。高等教育。

林天祐（2002）。APA 格式第五版。載於臺北市立師範學院學生輔導中心（編），**研究論文與報告撰寫手冊**（111-134 頁）。臺北市立師範學院。

林天祐（2011）。**APA 格式第六版**。http://lib.utaipei.edu.tw/UTWeb/wSite/public/Attachment/f1313563395738.pdf

林雍智、葉芷嫻（2014）。日本教育類文書寫作格式評論及對 APA 之省思。**臺灣教育評論月刊，3**（3），40-48。

潘慧玲（2015）。**教育論文格式**（第二版）。雙葉書廊。

American Psychological Association. (2019). *Publication manual of the American Psychological Association* (7th ed.). https://doi.org/10/1037/0000165-000

Hatala, M. (2020). *APA simplified: Your concise guide to the 7th edition.* Greentop Academic Press.

Silvia, P. J. (2014). *Write it up: Practical strategies for writing and publishing journal articles.* American Psychological Association. https://doi.org/10.1037/14470-000

附錄 1

APA 格式第七版通用範例參考

本書為論文寫作之格式指引，對寫作者來說，書中介紹的 APA 格式之應用有隨時參閱之需要。為了讓寫作者有一個快速參閱寫作格式的篇幅，本文將書中各章的介紹再一次以精簡的文字重新整理，並歸納一些常用案例，讓寫作者能從本文中快速瀏覽 APA 格式第七版之各種規範。

列於本文中的格式通用範例，共有：

一、標題層級

二、摘要與關鍵詞

三、內文中的文獻引用

四、參考文獻

五、數字與統計結果中的數字

六、表與圖

第一節　標題層級

為提供使用 APA 格式第七版進行學術文章寫作者有一個可以快速參考的指引及案例，以便即時完成及校對文章是否符合 APA 格式之規範，本附錄提供**「標題層級」**、**「摘要與關鍵詞」**、**「內文中的文獻引用」**、**「參考文獻」**、**「數字與統計結果」**、**「表與圖」**等通用案例做為參考。已熟讀本書各章的讀者，可以在寫作過程中直接參考本附錄，得到精確的參考標的。

文章各結構中的標題撰寫，應按照五層級的格式撰寫，以下為五層級標題的撰寫原則。

壹、中文標題層級

中文標題的五層級寫作格式，如表 1 所示。單篇的學術文章，可以運用五層級的標題格式規劃文章架構，如有需要，還可以加上第六層級標題。若是長篇的學位論文、研究報告、書籍，需要分「章」呈現者，可以將「章」視為第一層級，第二層級之後再適用五層及標題之格式，以此類推。

表 1

中文標題層級

層級	格式	範例
一	主要標題、置中、粗體 內文開一個新段落撰寫	**第一節**
二	第二層級標題：靠左對齊、粗體 內文開一個新段落撰寫	**壹、**
三	第三層級標題：縮排 2 字元 內文開一個新段落撰寫	一、
四	第四層級標題：再縮排 2 字元，句後要加上句點 內文接著層級標題同一行撰寫，成為完整的一段	（一）
五	第五層級標題：繼續縮排 2 字元，句後要加上句點 內文接著層級標題同一行撰寫，成為完整的一段	1.

註：中文文獻還可視需要加上第六層級標題，亦即為：（1），其撰寫方式為再從第五層級縮排 2 字元，以此類推。

貳、英文標題層級

英文標題的五層級寫作格式，如表 2 所示。

表 2

英文標題層級

Level	Edition Format
1	**Centered, Bold, Title Case Heading** Text begins indented as a new paragraph.
2	**Flush Left, Bold, Title Case Heading** Text begins indented as a new paragraph.
3	***Flush Left, Bold Italic, Title Case Heading*** Text begins indented as a new paragraph.
4	**Indented, Bold, Title Case Heading, Ending With a Period.** Text begins on the same line and continues as a regular paragraph.
5	***Indented, Bold Italic, Title Case Heading, Ending With a Period.*** Text begins on the same line and continues as a regular paragraph.

Note. Adapted from " What's New in the *Publication Manual of the American Psychological Association, Seventh Edition,*" by American Psychological Association, 2019. (https://apastyle.apa.org/instructional-aids/whats-new-7e-guide.pdf). Copyright 2020 by the American Psychological Association.

第二節　摘要與關鍵詞

摘要是全文的眼睛，提供讀者一個對文章的簡短、完整的描述。摘要同時也是全文的概覽，讓讀者可以透過閱讀摘要再決定是否詳讀全文。而關鍵詞則能協助讀者捕獲文章的屬性或特定領域。摘要與關鍵詞應遵循下列原則撰寫。

壹、摘要的撰寫原則

摘要的撰寫原則，需同時注意到「摘要格式」與「摘要內容」二項，請參考表 3 資料。

表 3

摘要撰寫原則

摘要格式	摘要內容
標楷體、新細明體（12 或 14 號字） Computer Modern（10 號字） Lucida Sans Unicode（10 號字） Calibri, Arial, Georgia（11 號字） Times New Roman（12 號字）	• 文獻探討的關鍵重點 • 想要研究／調查的問題 • 明確的研究假設 • 使用的研究方法（包含研究設計、樣本數、樣本的簡短說明）
行距：2 倍行高（或刊物規定）	• 研究結果
位置：文章題目之下（中文） 文章第二頁（英文）	• 研究的影響（如這項研究的重要性、研究結果或研究發現的應用或建議等）
標題：**摘要**（中文） **Abstract**（英文） 位置：置中、粗體	• 字數限制：中文為 350～500 字，或依刊物之規定；英文為 250 字內，或依刊物之規定
文字位置：標題下一行，段落不縮排	

貳、關鍵詞的撰寫原則

關鍵詞的撰寫原則，需同時注意到「關鍵詞格式」與「關鍵詞內容重點」二項，請參考表 4 資料。

表 4

關鍵詞撰寫原則

關鍵詞格式	關鍵詞內容重點
標楷體、新細明體（12 或 14 號字） Computer Modern（10 號字） Lucida Sans Unicode（10 號字） Calibri, Arial, Georgia（11 號字） Times New Roman（12 號字）	• 研究領域 • 研究主題 • 研究方法 • 研究結果或研究發現的應用 • 字數限制：包括三到五個單詞，詞組或首字母縮寫詞
行距：與摘要相同	
位置：與摘要中間相隔一行。需縮排。如果關鍵詞寫到第二行，則第二行不用縮排	
標題：**關鍵詞**（中文） *Keywords*（英文） 位置：縮排 2 字元、粗體（中文） 縮排 2 字元、需斜體、但不必粗體（英文）	
文字位置：標題後置冒號與一空格，再接著寫	
文字格式：小寫、但專有名詞大寫（英文）；每個關鍵詞間用逗號區隔，結尾不必加句號	
排列順序：可任意排序，不必按照筆畫或字母順序。但一般來說，依題目及內文出現該關鍵詞之順序排列	

第三節　內文中的文獻引用

內文中的文獻引用格式，主要有「括號內引用」和「敘述性引用」二種方式，引用上則依作者人數之不同而有多種寫法（請參考表 5）。在年代的引用上，目前中文也逐漸使用西元顯示，因此在引用中文時，應將民國紀元轉換為西元。至於標點符號，中文部分應使用「全形」字，英文部分則使用「半形」字呈現，若單一句子同時出現中文及英文，則依中文之規則使用「全形」字呈現。

表 5

不同作者人數的內文中引用原則

作者人數	括號內引用	敘述性引用
一位作者	（作者，年代） (Author, Year)	作者（年代） Author(Year)
二位作者	（作者 1、作者 2，年代） (Author1 & Author2, Year)	作者 1 與作者 2（年代） Author1 and Author2 (Year)
三位作者以上	（作者 1 等人，年代） (Author1 et al., Year)	作者 1 等人（年代） Author1 et al. (Year)
團體或機關單位首次引用	（機關全名〔縮寫〕，年代） (Group Name [Abbreviation], Year)	機關全名（縮寫，年代） Group Name (Abbreviation, Year)
團體或機關單位第二次後引用	（縮寫，年代） (Abbreviation Name, Year)	縮寫（年代） The Abbreviation Name (Year)
沒有縮寫的團體作者	（全名，年代） (Full Name, Year)	全名（年代） Full Name (Year)

第四節　參考文獻

文後的參考文獻格式種類，非常多樣，《APA 出版手冊第七版》中，共計列出四大種類、114 種格式。其中，最常出現者為「期刊類」、「書籍類」、「編輯書籍」及「網路社群媒體」之文獻。

壹、期刊類

圖 1

期刊論文寫作格式

中文：

作者全名（年代）。題目。**期刊名稱，卷**（期），頁碼。DOI（若有）

英文：

Author, A. A., & Author, B. B. (Year). Title of aritcle. *Title of Periodical*, ***Vol.*** (No.), page. https://doi.org/xx.xxxx

貳、書籍類

圖 2

書籍寫作格式

中文：

第一作者全名、第二作者全名（年代）。**書名**（版次）。出版商。DOI 或 URL（若有）

英文：

Author, A. A., & Author, B. B. (Year). *Title of book* (edition). Publisher. DOI or URL

參、編輯書籍之書中章節

圖 3

專書篇章寫作格式

中文：

作者全名（年代）。章名。載於編者姓名（編），**書名**（版次，頁數）。出版商。DOI（若有）

英文：

Author, A. A., & Author, B. B. (Year). Title of book chapter. In C. C. Editor & D. D. Editor (Eds.), *Title of books* (edition., Vol, page). Publisher Name. DOI or URL

肆、網路社群媒體

圖 4

網路媒體寫作格式

中文：

Facebook Po 文（公開）：

作者全名（年、月、日）。**標題**。〔附圖〕〔更新狀態〕。Facebook，URL

Youtube：

作者全名（年、月、日）。**標題**。〔影片〕。YouTube，URL

英文：

Facebook Po 文（公開）：

Author, A. A. (Copyright Year, Month Day). *Title of work* [Image attached] [Status update]. Facebook. URL

Youtube：

Author, A. A., & Author, B. B. (Copyright Year, Month Day). *Title of article* [Video]. YouTube. URL

第五節　數字與統計結果

在文章中提到數字時，依狀況及數字（量）的大小，有時需用文字呈現，有時則需用數字呈現；呈現統計結果的數字時，也有幾項應注意之原則。下列表 6、表 7 與表 8 三表之說明為使用數字與統計結果之重要原則。若欲更詳細瞭解數字使用與統計結果中的數字使用等原則，可參閱《APA 出版手冊第七版》。

壹、數字使用原則

表 6

數字使用原則

使用數字	使用文字
10 及 10 以上的數字，使用阿拉伯數字	數量、次序在 1～9 之間者，使用文字（例如：分為五組、第七版）
用於呈現統計的結果（例如：2×2 設計，3.72……）	以句子，標題或標題開頭的數字（例如：一百名志工）
與測量單位一起使用的數字（例如 5 毫克劑量）	常見的分數（例如：五分之一、四分之一以上）
時間（1 小時 20 分，1hr 20 min）、年齡、日期（例如：2020 年 4 月 25 日）	羅馬字（例如：II、IV）
量表上的分數、點數（如李克特 5 點量表、180 點教師換證點數）	普遍被接受的語詞（例如：黃道十二宮、十誡）
金錢（額）	
用作數字的數字（例如：圖表上的數字 2 代表……）	
表示編號序列中之位置的數字（例如：第 6 級、第 2 項、第 7 行）	
英文書中的一部分（例如：第 1 章）	
表和圖的編號（例如：表 2）	

註：有時候在提到數字時亦有數字加文字一併呈現的情形，如：使用二個 5 點量表。

貳、小數點使用原則

表 7

小數點使用原則

	使用原則
1	當數字小於 1 但統計量可能超過 1 時，在小數點前放置零
2	當統計數值不可能大於 1 時（例如：比例、相關性、統計顯著水準）時，請勿在小數點前加零
3	根據統計資訊，需寫至小數點後一位，兩位或三位時（例如：平均數、標準差至小數點後一位、相關性、比例和 t 值、F 值、卡方值的報告至小數點後二位）
4	將精確的 p 值報告為二位或三位小數（例如：$p = .001$，$p = .05$，但 p 值若比 .001 小，需寫成「$p < .001$.」）

參、統計結果中的數字使用原則

表 8

統計結果中的數字使用原則

	使用原則
1	勿在內文和表格或圖形中，重複統計資訊
2	必須表格和表格中，報告精確的 p 值（例如：$p = .015$），p 值若小於 .001 時寫成「$p < .001$」，未達顯著水準時寫成「ns」
3	在數學運算符號前後空一個空格（例如：減號、加號、大於、小於）
4	對於負數，僅在負號前空一個空格，不必在數字後空一空格（例如：-8.25）
5	統計上，使用符號或縮寫加數字呈現（例如：$M = 7.2$）
6	使用完整的名詞，而不是符號來表示內文中的統計資訊（例如：平均數是……）
7	使用斜體表示大多數的統計符號（例如：*M*、*p*……）。但遇希臘字母則不使用斜體（例如：θ、Ω……）
8	一般性的統計符號或縮寫以及由希臘字母組成的符號或縮寫，不必定義（例如：*M*、*SD*、*F*、*t*、*df*、*p*、*N*、*n*、*OR*）
9	對特定的統計縮寫，需進行定義（例如：ANOVA、BIC、CFA、CI、NFI、RMSEA、SEM……）

第六節　表與圖

製作表或圖的目的，係為了透過將一些資訊進行摘要或歸納、整理，讓文章更容易閱讀。表或圖的使用，也可以減低文章中的文字量，促進讀者的理解，並提高文章的品質（Silvia, 2014）。因此，表和圖絕對不僅僅是學術文章中的裝飾，進行學術文章寫作的人在製作表或圖前，一定要先構思如何呈現出「使用表與圖」之主要目的。

壹、表的製作原則

製作表時，應包含各項表的元件，如表的標號（number）、表的名稱（title）、表中的欄位與列位標題（headings）、表的內文和註記。表的標號與表名的寫法，如圖 5 所示。表的內文可採「單行間距」、「1.5 倍行高」或「2 倍行高」，表格內不畫縱向（垂直）線，表格中的每一個格子也勿再用格線圍繞（如此會形成表中有表），表格的最後底線**不必加粗，勿用**網底去做單純的裝飾，若有需要特別強調某一格位，應在註記處加註說明；表格太長需要跨頁時，應在續頁中再一次製作表中的標題後，再接著呈現表的後續內容（如圖 6）。

註記包含「一般性註記」、「特別註記」與「機率註記」三種，中文經常使用的「註記」文字為「**註：**」（粗體），英文經常使用「*Note.*」（斜體），若有引用資料時，需標出資料的出處。中文使用「引自」、「出自」或「取自」，英文則使用「From」或「Adapted from」（不必加斜體）標示出處。註記的第二行不必縮排（如圖 6）。

圖 5

表的標號與名稱

中文：

表 1

跨年級教學之課程組織型態

英文：

Table 1

Curriculum Organization Models of Multi-Grade Instruction

圖 6

跨頁的表格處理方式與註記範例

表 1

跨年級教學之課程組織型態

編號	模式說明
1	全班教學
2	科目交錯
3	課程輪替

欄位標題在續頁的表格內再重複一次

〔前頁〕

〔後頁〕

編號	模式說明
4	平行課程
5	螺旋課程

註：引自“Multi-age practices and multi-grade classes,” by L. Cornish, in L. Cornish (Ed.), *Reaching EFA through multi-grade teaching: Issues, contexts and practices* (p. 32), 2006, Kardoorair Press.

貳、圖的製作原則

文章中任何非「表」的可視顯示，都應該被視為圖形處理。製作圖時，應包含各項圖的元件，如圖的標號（number）、圖的名稱（title）、圖片（image）、圖例（legend）和註記（note）。表的標號與名稱的寫法（參考圖 7 與圖 8 示例）。可以製作成圖的圖片，包含圖形（graphs）、圖表（charts）、繪圖（drawings）、地圖（maps）、描點繪圖（plots）、照片（photographs）、多面板圖片（multipanel figures）等；「說明」部分則是用來解釋圖片中各部分的符號、畫線、陰影、模式等，這部分是一張圖中不可或缺的部分。

註記包含「一般性註記」、「特別註記」與「機率註記」三種，中文經常使用的「註記」文字為「**註：**」（粗體），英文經常使用「*Note.*」（斜體），若有引用資料時，需標出資料的出處。中文使用「引自」、「出自」或「取自」，英文則使用「From」或「Adapted from」（不必加斜體）標示出處，註記的第二行不必縮排。

需注意的是，第七版的 APA 手冊已經改變第六版手冊將圖的標號與名稱置於圖片下方的的寫法，改將圖的標號與名稱置於圖的上方，如此一來圖與表的標號與名稱位置，就都同樣置於上方，而不是傳統的「表上圖下」，且該加粗或加斜體的規定，也與表格一致了，寫作者需注意到這個轉變。

圖 7

教師的職涯發展模式

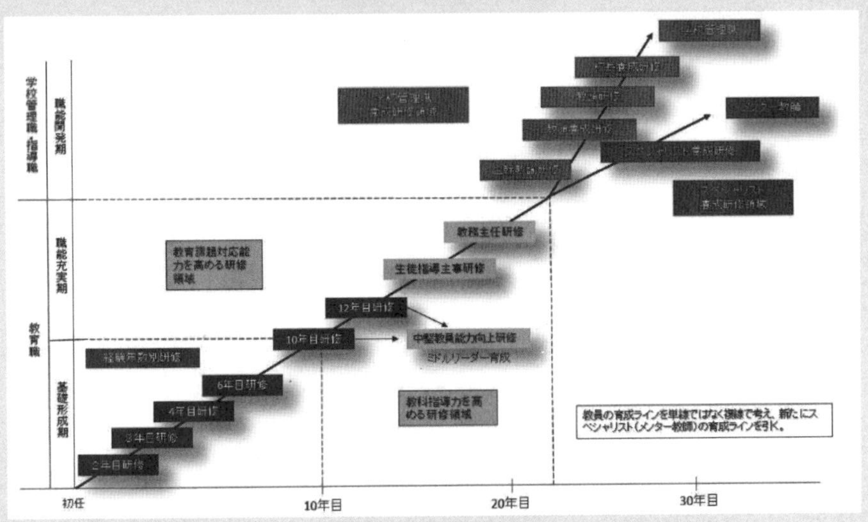

註：教師的職涯發展如橫軸所示，區分為初任、第 10 年、第 20 年、第 30 年四階段，其職務上的發展，則如縱軸所示，分成教育職（即教師）與學校管理階層（即主任與校長）兩階段；引自**教職大学院と教育委員会の協働による学校管理職養成のシステムとコンテンツの開発事業報告書**〔以教職研究所與教育委員會之協作進行學校主管培育之系統與內涵發展業務報告書〕（頁 3），岐阜大学教職大学院，2018。

圖 8

馬斯洛的需求層次理論

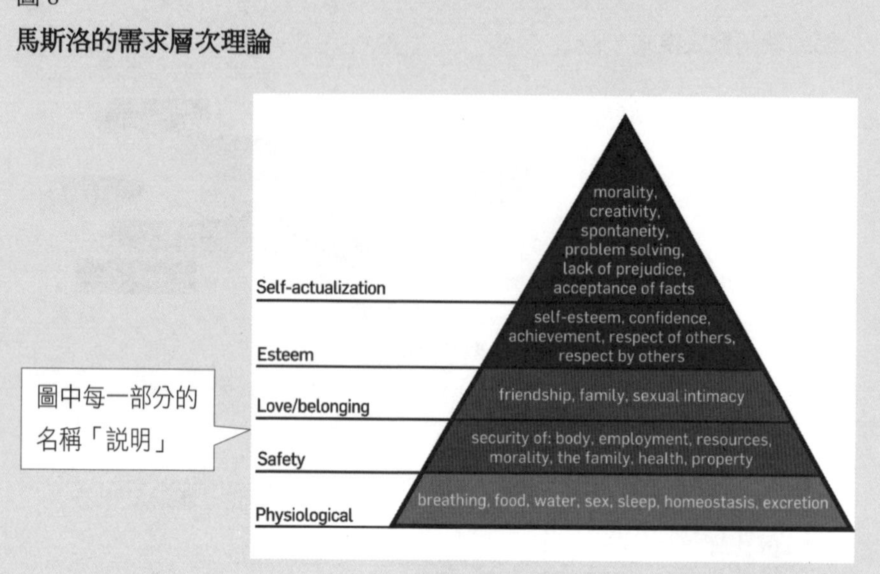

註：引自 **Abraham Maslow**，維基百科，2020 年 6 月 12 日（https://en.wikipedia.org/wiki/Abraham_Maslow）。

附錄 2

APA 格式運用上的常見問題（FAQ）

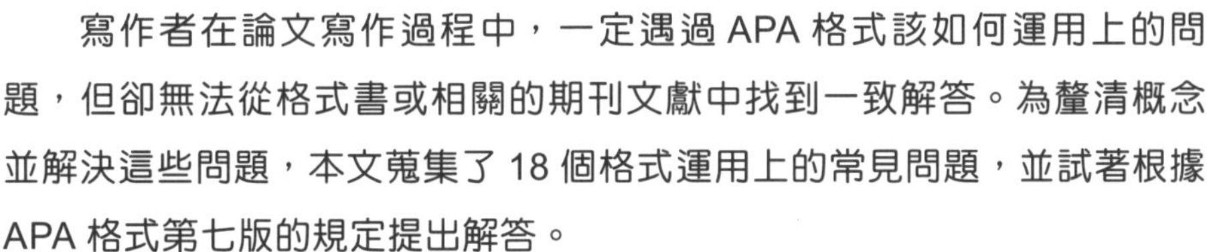

寫作者在論文寫作過程中，一定遇過 APA 格式該如何運用上的問題，但卻無法從格式書或相關的期刊文獻中找到一致解答。為釐清概念並解決這些問題，本文蒐集了 18 個格式運用上的常見問題，並試著根據 APA 格式第七版的規定提出解答。

本文中列舉的常見問題，可歸納為以下類別：

一、內文中的文獻引用

二、參考文獻

三、製作表和圖

四、使用文書處理軟體編輯 APA 格式等其他常見問題

除了上述常見問題外，本書作者亦會持續性蒐集更多格式使用上的問題，並於增添本書後續改版中，讓 APA 格式應用上的 FAQ 更臻完整。

第一節　標題層級

學術文章的寫作者，在應用 APA 格式進行學術寫作上，或多或少會遇到本附錄即將討論的幾種類型問題，需要透過進一步翻閱 APA 出版手冊，或是從已出版的文獻中尋找是否有類似的寫法來參考。因此，寫作者需耗費許多額外的時間去尋找正確的答案。在《APA 出版手冊第七版》發行之後，隨著第七版對於寫作格式的修訂或簡化，相信寫作者又需適應一次版本更新後的改變。

為解答寫作者在格式運用上所可能產生的困惑，本附錄列舉幾項格式運用上常見的問題，試著給寫作者做為撰寫上之提示。以下，分為「內文中的文獻引用」、「參考文獻」、「表和圖製作」與「其他常見問題」四大項目，再列舉幾種常見問題並簡單回答之，若要詳細瞭解各項問題之規定，建議可閱覽《APA 出版手冊第七版》，以獲得在英文（原始規定）上之答案。

第二節　文章結構

問題 1：

摘要的**關鍵詞**（keywords）應該要置於摘要段文字後的何處？

回答：依 APA 第七版之規定，**關鍵詞**（*keywords*）可以列於摘要段文字後的第一行，也可在摘要段後，先空一行，再另開一行列出。若關鍵詞要放在摘要段文字後的第一行，關鍵詞就需縮排 0.5inch；若關鍵詞與摘要段之間有空一行，則該行「**關鍵詞**」該就無需縮排。我國一般在摘要撰寫關鍵詞時，多採後者方式。

第三節　內文中的文獻引用

問題 2：

作者在三人以上時，要寫「作者 1 等人（年代）」，還是寫「作者 1 等（年代）」？（該寫「等人」，還是「等」即可？）

回答：根據 APA 格式出版手冊之規定，內文中的文獻引用在作者超過三個人時，需加上 et al. 這些字。若中譯之，et al. 可以譯為「等」。因此，作者超過三位時，寫「……等（年代）」亦沒錯。不過，在學術文章中使用「……等人（年代）」的情形亦多。因此本問題的解答應該是兩者皆可，寫作者可根據語順與段落背景決定之。

問題 3：

頁碼應置於何處？頁面頂端（左上、右上）、還是頁面底端（左下、右下或置中）？

回答：根據 APA 格式之規定，英文的頁碼應該置於頁面頂端之右上方，若文章奇偶頁不同時，偶數頁可另置於頁面頂端的左上方。惟中文文章部分，也有置於頁面底端中央位置（置中）的作法。考量到中文及英文使用上之習慣差異，建議可依刊物或學術機關之規定，決定頁碼應該放置處。

問題 4：

為什麼英文在標點符號出現後，需再空一格（space），才能接著寫下一個字？而中文卻不必這樣做？

回答：這是很多寫作者在撰寫英文文獻時，會經常忽略的小問題。其實這是屬於英文文法之規定，並非只出現於使用 APA 格式進行寫作的文章中，此規定亦適用於其他西方語言與韓文，但以中文撰寫的文章無須仿照，中文文章在標點符號後可直接接上文字。

第四節　參考文獻

問題 5：

撰寫參考文獻時，每一個文獻的段落需不需要左右對齊？

回答：APA 格式並未規定參考文獻的段落必須左右對齊。但出版商為了排版美觀，有時也會透過編輯技術使段落形成左右對齊模樣。另外，在中文文章中，設定段落左右對齊，亦有較美觀的效果。

問題 6：

作者為同一人的兩篇以上參考文獻，是否可在第二次出現的文獻上，以「——」（長引號）取代作者姓名？

回答：APA 格式並無此規定。讀者會看到此種寫法，係為寫作者混用了 MLA 格式的結果。MLA 格式主要使用於文學、語言學學門，由於上述學門與教育學門各領域相近，因此可能偶有出現混用情形。APA 格式中遇到相同作者之文獻，每次皆應列出姓名。

問題 7：

書籍類參考文獻「來源」處中註記的出版商名稱，到底要寫全名，還是省略「公司」、「圖書公司」、「出版」……等名稱？

回答：是的，需寫出出版商的全名。APA 格式中有規定出版商的名稱，除了出版商自己使用縮寫，並呈現在它的出版品外，不應該將其以「縮寫」呈現。因此，在中文文獻中的出版商名稱也應列出全名。但是 APA 格式也規定出版商的「商業結構」，例如：公司

（Inc.）、有限公司（Ltd.）、有限責任公司（LLC）等「不」應該列入出版社名稱。依據其規定，因此中文文獻中的出版商，也應以省略「公司」後的全名呈現。如出版商名稱中有「〇〇文化」、「〇〇出版」、「〇〇數位」、「〇〇圖書」，這些也應該完整列出。

問題 8：

若參考文獻的作者與出版商相同時，出版商名稱要如何寫？

回答：在 APA 格式第六版中，若參考文獻的作者與出版商相同時，出版商應寫「作者」兩字。不過到了第七版後，已簡化過去的規定。新的規定是若參考文獻的作者與出版商相同時，就不需要再寫出版商名稱，但最好加上其文獻來源的 DOI 或網址，因參考文獻作者會和出版商相同的場合，多來自於政府機關、機構、學協會等單位的出版品或年報。

問題 9：

參考文獻的作者，若為團體或單位，可以使用縮寫呈現嗎？

回答：APA 格式規定團體或單位的作者，在內文中首次出現時，應先寫全銜後再註明縮寫，但縮寫不宜出現在文後的參考文獻中。因此，參考文獻中仍應列出團體或單位的全銜。

問題 10：

期刊文章及書籍目前附有 DOI 的情形越來越多，若有 DOI，參考文獻上一定要加註嗎？如何加註 DOI ？

回答：是的，發表於期刊上文章帶有 DOI 的情形越來越普遍，英文的主流期刊甚至也將過去沒有 DOI 的文章申請了 DOI。因此，未來期刊與書籍類文獻若有 DOI，就應該在撰寫參考文獻時加上。撰寫

DOI 時，自 APA 格式第七版起統一使用最新標準的 DOI 碼標註方式，即用 URL（網址）方式（https://doi.org/xxxx）標註，過去的標註方式（如 DOI: 及 doi:）應轉成最新標注方式。

問題 11：

有些期刊中的參考文獻，中文的期刊名或書名部分係比照英文 APA 格式，以斜體方式呈現，而不是劃粗體。哪一種才是正確格式？

回答：APA 格式在中文適用上還有不少待解決之問題，此即為一例。英文中適用之格式，在使用於中文環境時，必須參考中文環境之用法將其轉化，不能直接沿用。由於斜體字為西方的數百年來的排版規則，中文古來並無「斜體字」之作法，書法在書寫上只有粗體與細體之差別，排版上也沒有斜體字。因此，中文參考文獻之期刊名或書名，建議仍以粗體字呈現，因此不僅符合中文之傳統用法，在閱讀上亦較美觀。

其次，但在西文排版的歷史中，斜體與粗體並不是特效，而是一種特殊字體。因此出版社在印刷時，亦可將中文粗體字以某種更美觀、更易與同一文獻中其他字區隔之字體替代（如黑體字或圓體字等）。

問題 12：

中文參考文獻要劃粗體、英文參考文獻要劃斜體之處，要劃到哪個部分才正確？

回答：這是一個經常使寫作者困惑的問題。試著心想你正身處一座圖書館中，要從書架中搜尋參考文獻，面對充滿書或雜誌的書架，您的手首先可以觸摸到之處，就是文獻中應該劃粗體／斜體之處。例如「書籍類」，可以觸摸到之處，就僅到該書籍本身，頁數則是要再翻開來之後才能確認的資料；又如「期刊類」，因為圖書館在陳列期刊上，會把該年度所有出版的期刊整理成一大本，因此手首先可以觸摸到的地方，就是彙整後期刊的「卷」，至於「期」和「頁數」則是要打開該彙整資料夾之後方能進一步翻閱。因此，參考文獻才劃粗體／斜體到「卷」處。

問題 13：

不同語言的參考文獻，需要分開呈現嗎（例如：分為「中文部分」、「英（外）文部分」）？

回答：APA 格式並未針對此項作法進行規定，中文的文章會區分各部分呈現者，多出現於學位論文上。原則上中文文章中引用的不同語言文獻，不論是否分項列出，習慣上皆按中文→英（外）文之順序排列。因此，是否區分各語系文獻，可參考刊物或學位論文之特別規定。

第五節　表和圖製作

問題 14：

以往在 APA 格式第六版以前的標號和表名為表上圖下，是否在第七版皆改為一律在上方了？

回答：是的。以往表與圖的名稱有表上、圖下的寫法慣例，且該以粗體呈現之處表和圖亦不同。自 APA 格式第七版起，表和圖的標號和名稱一律改為都在上方了。不過，若有必要在同一段落中呈現表和圖時，表的出現順序仍優先於圖。在文章的「前頁」資料中，表次也應出現在圖次之前。

問題 15：

以往在 APA 格式第六版中的表格為表名加粗體、圖形為「圖」字加標號為粗體的寫法，是否在第七版都一律改為只有名稱加粗體了？

回答：是的。以往中文環境中，表的表名以粗體字呈現，圖則是圖加標號為粗體字。自 APA 格式第七版起，表和圖的標號和名稱改為相同，中文表和圖的標號不以粗體字呈現，名稱皆以**粗體**字呈現。英文表和圖的標號以**粗體**字呈現，名稱則以*斜體*字呈現。

惟部分中文期刊規定中文表和圖之標號亦比照英文格式之用法使用**粗體**字，此時，雖然會因表和圖之標號與標題都成為**粗體**字，而失去兩者的區隔性，此種用法也有減少英文轉換至中文複雜度之效果。

問題 16：

表格的最後底線，在 APA 格式第六版中之規定要加粗，到了第七版，是否取消、不必加粗了？

回答：是的。第七版格式已經取消加粗之規定，表格橫線粗細一律相同即可。

問題 17：

過頁的表格以往要在前頁右下方寫下「（續下頁）」，並在後頁的上方再一次置入表名。第七版是否取消了此一規定？

回答：是的。第七版格式起，註記「（續下頁）」的規定已經取消。且前頁的表格不必畫最後橫線，不過後頁的欄位或列位標題仍應該再一次列出。

問題 18：

表名的最後一字，要不要加上「表」字？圖名的最後一字，要不要加上「圖」字？

回答：按照 APA 格式第七版的規定，表和圖的名稱應採簡潔、能正確反應出表和圖內容為原則撰寫，並未規定最後一個字必須加上「表」或「圖」兩字。因此，寫作者可視表或圖的名稱，是否有需要「表」字或「圖」字，自行判定之。

問題 19：

若要針對表或圖中的資料進行補充說明，該如何寫才正確？

回答：APA 第七版規定，若要補充說明表或圖中的資料，需以註記（*Note.*）的方式列出，若有引用來源，則列於補充說明之後，兩者以句號相隔，至於版權資訊則列於註記的最後（可參考本書表 5-6 與圖 5-14）。

在 APA 第六版時，引用來源時曾以「資料來源：○○」註記，到了 APA 第七版，一律都使用「註記（*Note.*）」說明。

第六節　其他常見問題

問題 20：

目前，網路上已經有很多套參考文獻管理軟體可供使用，在撰寫學術文章時下載使用，是否會比人工校對更為省時、省力？

回答：在現代社會中，對於每種需求或問題，總是可以找到技術上的相關支援，寫作、內文引用和註記參考文獻亦不例外。目前相關的支援軟體，已有 Zotero、Mendeley 等，在 Windows、MAC、iOS 和 Andriod 系統供下載使用，其中部分軟體還有多國語言版本。不過，要熟悉軟體、建立參考文獻的資料庫也需耗費一些時間。如果寫作者是正嘗試用 APA 格式寫作的大學生，或是學術寫作量不多、主題也不相同的寫作者，使用管理軟體就可能比人工校對更為費時；若是撰寫多篇相同領域的學者或研究生，由於管理軟體可協助建立參考文獻的資料庫，使用起來就會更方便，因此值得花點時間去學習如何操作管理軟體。

問題 21：

使用文書編輯軟體撰寫文章時，軟體中有多種參考資料的格式可供選擇插入引文與書目，可以選擇「APA 格式」之後依賴它的功能以節省作業時間嗎？

回答：要慎重。雖然目前的文書編輯軟體，已內建插入引文與書目的功能，並有 APA、Chicago、MLA 等格式可供選擇，但仍然可能出現錯誤，如中文部分的標點符號使用「半形」等。再者，現階段這些文書編輯軟體內建的 APA 格式，暫時仍未更新到第七版。因此，寫作者在運用文書編輯軟體上，宜再以人工方式檢查引用格式是否正確。

問題 22：

我已經按 APA 格式第七版撰寫完學術文章，包含內文、表圖及參考文獻均依第七版之規定，為何審稿後仍被出版單位要求要將正確的格式又修正回為舊版（或錯誤）的格式？

回答：我國教育學門寫作格式雖已全面遵行 APA 格式，但各學術單位、各刊物、各出版商仍有部分獨自之特別規定，在出版時，也有因排版需求，而需做些許調整之處。其次，APA 格式第七版甫於 2019 年公布，期刊等出版單位要將格式標準全面更新為第七版，仍需一段時間，因此在學術文章的撰寫上，仍應遵照出版／投稿單位之規定調整格式。

後記

在教育學門的學術寫作格式上，APA 格式已經成為格式的參考範本，但 APA 格式在我國的普及上並非一路順遂，自引進臺灣之後就馬上得到完整、完全的遵循。教育科班出身的本書作者，自踏入教育學領域二十餘年來，修讀過特殊教育、課程與教學、教育行政、教育制度等領域，因此也目睹了雖同為教育學門、但因子領域之不同，而對 APA 格式有不同詮釋的現象。從早期的「將出版品寫為手稿」（即為在應粗體呈現處畫底線）、「出版商的所在地有不同寫法」〔例如：台北（到底是指台北市還是台北縣？）、臺北、臺北市〕、「出版商應否寫出全銜」（例如：要寫成「時遊館數位文化出版」，或是「時遊館」即可？）到「內文中引用文獻之頁碼是否列出？」、「表標題在上、圖標題在下」等，均出現了不一致的寫法，這其中有的是中文文法和英文文法之間的扞格、有的是對 APA 格式的認識不完整、有的更是教育學門中某個子領域的嗜好。部分教育學門的領域，例如教育法學，則因為內容和法律學有緊密的相關，因此其格式上也未完全依照 APA 格式。也就是說，到目前為止，教育學門仍缺乏一份「由本土制定的、能凝聚各領域共識、又能與國際 APA 格式接軌」的共通寫作格式。要打開這個局面，仍需要大家坐下來好好的研討會商。

作者在碩士課程求學時代，受到指導教授與林天祐教授的薰陶，很快的便喜愛上探究 APA 格式，從那時期起，才首次知道 APA 格式不再是大學階段老師講的，只需注意本文後的參考文獻部分而已。那時的 APA 格式還是第四版時期，因此，去了臺北羅斯福路的進口書書局買了一本原文來研讀。接著，到了準備發表碩士論文的時期，我和愛挑學生 APA 格式是否寫得正確的指導教授掛保證：「我的 APA 格式一定全部都寫對」，於是，指導教授便和我坐在他的校長室中一個一個仔細的挑錯，本來信心滿滿的，可是還是被他挑到幾個英文標點符號以及該空格卻未空格的錯誤。指導教授笑咪咪的對我說：「你寫得真好，可以去讀博士了」，因此，我就去讀了博士。

在日本留學期間，努力讀日本的教育學文獻的結果，便是走火入魔，讓我開始對 APA 格式在中文、日文的適用上產生了相當大的質疑。日本教育學門的學者們在他們自己的全國共通的「日本目錄規則」上能寫到非常正確和精準，但是這套格式卻無法解決引用英文文獻上，以及撰寫英文文章到國外發表時的需求，以致於日本學者在內文中及本文後參考文獻上，均產生了不少混用了本土格式和 APA 格式，或是在使用 APA 格式上的不一致情形。不過，教育學門中參考英文文獻越多的子領域，如認知心理學等，他們在 APA 格式運用上的正確度就越高。從日本的經驗省思我國的現況，也可得知正確使用 APA 格式的必要性，以及 APA 格式在本土的適用上，我們還有哪些共識該形成而未形成、還有哪些需要精準校訂的空間。我想，我可以到日本開一堂 APA 格式的寫作課，將同為東亞國家的發展經驗分享給急欲與國際接軌的年輕一輩學者。

留日期間，天祐教授所撰的「APA 格式第六版」指引，開始在臺北市立教育大學的圖書館網站，以無償的方式公開提供師生參考。那時的我在下載後，於東京學藝大學的研究室將重要的標題和範例加註彩色，並使用從臺灣扛過去的 Double A 的紙「免費」彩印，再從學校出發，搭 30 分鐘公車（來回台幣 100 元）轉 35 分鐘中央線電車到新宿（來回台幣 174 元），隨後找到位於新宿車站新南口的 FedEx Kinko's Japan（聯邦快遞影印行）加上封面和膠裝。膠裝一本的費用約台幣 100 元，而選封面紙加上彩印我設計好的封面、封底（封底有我們家的全家福照）還要台幣 220 元，加上店員說的「3 小時等待時間（人禁止在店裡等）」。這完全顛覆了我在臺灣的影印行都是隨送隨拿，且膠裝一本也不過 50 元的行情想像。所以，我只好去影印行對面買了一杯 Starbucks 咖啡，低坐在花圃前的石欄上，眺望西新宿高層大樓和往來人潮，滿心期待的等我這一本 APA 第六版早點印好。雖然所費不貲，且花了一個下午只印了一本！但成書的品質實在精美到讚嘆不已。

後來，這一本 APA 格式指引在每一個學術文章的寫作過程，都陪伴著我。封底的全家福生活照，更成了我堅持寫完文章的信心支撐，這種「雖然小、但確定」的幸福，也是我到目前在學術寫作上仍樂此不疲的原因。

從和指導教授打賭碩士論文中 APA 格式的正確性到今日，這期間我投過稿件、寫過各種類型的研究報告、也擔任過學術期刊的編輯和國際上期刊、學位論文的審查者，因此有機會拜讀過相當多的學術文章。坦白說，要找到一份在格式上完全正確的文章，還真的不容易。這也代表了 APA 格式在我國的普及上，仍然有值得努力的空間。固然對 APA 瞭解的不完整，或是中文和英文的使用習慣等，都可能是造成這些困境的原因，但 APA 格式第七版的上市，也提供了更簡化、更符合時代需求的規範，這或許能讓我國的學術寫作者在參照上更為便利。

也因此，本書期待能以精簡的篇幅，提供給從事學術文章寫作的研究者和學生，讓他們在快速的瀏覽本書後，能正確的使用第七版的 APA 格式。不過，國內教育學門對於 APA 格式在某些細節的規範上，仍存在些許差異，因此亦期待讀者能就書中各章節之說明提供高見，俾做為未來建構更適合我國使用之格式基礎，進一步提升教育研究之品質。

國家圖書館出版品預行編目（CIP）資料

教育學門論文寫作格式指引：APA格式第七版之應用／
林雍智著.--二版.--新北市：心理出版社股份有限公司，
2023.09
面； 公分.--（社會科學研究系列；81244）
ISBN 978-626-7178-69-0（平裝）

1. CST: 論文寫作法　2. CST: 教育研究法

811.4　　112012727

社會科學研究系列 81244

教育學門論文寫作格式指引：
APA 格式第七版之應用（第 2 版）

審 閱 者：吳清山
作　　者：林雍智
執行編輯：高碧嶸
總 編 輯：林敬堯
發 行 人：洪有義
出 版 者：心理出版社股份有限公司
地　　址：231026 新北市新店區光明街 288 號 7 樓
電　　話：(02) 29150566
傳　　真：(02) 29152928
郵撥帳號：19293172 心理出版社股份有限公司
網　　址：https://www.psy.com.tw
電子信箱：psychoco@ms15.hinet.net
排 版 者：龍虎電腦排版股份有限公司
印 刷 者：龍虎電腦排版股份有限公司
初版一刷：2021 年 1 月
二版一刷：2023 年 9 月
I S B N：978-626-7178-69-0
定　　價：新台幣 400 元